Bernhard Strobel

Nichts, nichts

Erzählungen

Literaturverlag Droschl

Ein Herr unserer Zeit

Durch das Küchenfenster sehe ich die Türme der städtischen Klinik. Ich bin oft dort, um mir die Zeit zu vertreiben. Und wenn ich auch nicht jeden Tag hingehe, so doch fast jeden, um im Kaffeehaus nahe dem Haupteingang mein Bier zu trinken und meine Zeitung zu lesen.

Es ist nicht jedem begreiflich, dass ich ausgerechnet dort meine liebsten Stunden verbringe. Ich verlange nicht, dass man mich versteht. Der Geruch des Kranken, der andere abzustoßen pflegt, macht mir nichts aus. Im Gegenteil, ich habe mich so sehr daran gewöhnt, dass es mir schwer fällt, um nicht zu sagen unmöglich ist, darauf zu verzichten. Ich gehe auch ausschließlich dort zur Bank, um das bisschen Geld zu verwalten, das mein Sohn mir zur Monatsmitte von seinem spärlichen Gehalt als Sozialpädagoge überlässt. Außerdem gibt es einen Supermarkt, ein Postamt, eine Blumenhandlung und sogar einen Frisör, alles im Umkreis weniger Quadratmeter, wie im Einkaufszentrum. Ich genieße die Vorzüge der Nahversorgung; die große Welt ist nichts für mich.

Ich führe ein unaufregendes Leben, und solange ich nicht daran gehindert werde, meinen Gewohnheiten, oder anders gesagt, meinen Zwängen nachzugehen, bin ich ein ausgeglichener Mensch. Doch eines Tages nach all den Jahren geschah etwas, das meine Lebensgewohnheiten, die wenigen, die mir geblieben sind, wüst durcheinanderwirbelte: Ich verschlief.

Es war weit nach zehn Uhr. Ich pflege in der Regel nicht später als acht, meistens halb acht aus dem Bett zu steigen, und nun stand ich vor dem Fenster meiner kleinen Küche und blickte verdrossen hinunter zum Eingang des Klinikcafés: Es ist zu spät, dachte ich, um diese Zeit kriegst du bestimmt keinen anständigen Platz. Und richtig, als ich nach einer Viertelstunde eintraf, waren alle Tische besetzt. Ich war enttäucht, und obgleich es mich nicht unvorbereitet traf, fühlte ich eine bittere Unruhe in mir aufkommen. Mein Plan für diesen Tag war dabei, sich in Luft aufzulösen; das machte mich nervös, ich hatte nur diesen.

Nach kurzer Zeit schaffte ich es jedoch, mich zu beruhigen, und während ich zum Ausgang schlenderte, überraschte mich eine Stimme, die sagte:

»Wenn du möchtest, kannst du dich zu mir setzen.«

Es war Andrea, die beste Freundin meiner vor langer Zeit verstorbenen Frau. Ich war irritiert. Sie deutete auf den Platz ihr gegenüber. Ich zögerte, es war kein guter Tisch, er stand mitten im Raum, und ich lasse nur ungern fremde Blicke in meinem Rücken zu. Schließlich setzte ich mich. Sie war mir schon früher aufgefallen, ihr rechtes Bein war steif und verlangte nach einer Krücke, ich hatte es beobachtet, als sie das Lokal verließ, es mochte keine Woche her gewesen sein. Sie hatte jetzt rotes Haar, und ihre gesamte Erscheinung hatte sich stark gewandelt. Oder die Erinnerung trügt mich, das soll ja vorkommen.

»Du hast so bedauernswert ausgesehen«, sagte sie.

»Dann willst du vielleicht mein Rettungsring sein?« sagte ich vorlaut, und ich kann mich nur wundern, woher ich den Mut dazu nahm. Sie fand das amüsant, und es war mir unangenehm, dass ihr kurzes, lautstarkes Lachen die Aufmerksamkeit der anderen Gäste auf uns lenkte. Es liegt mir nicht, im Mittelpunkt zu stehen, und ich merkte, wie ich buchstäblich immer kleiner wurde. Da ich mir aber im Klaren darüber war, wie absurd es auf sie wirken musste, dass ich mich nach langer Entschlussphase doch zu ihr gesetzt hatte, nur um mich daraufhin möglichst schnell unsichtbar zu machen, und weil das Schweigen, das sie, die ich doch redseliger in Erinnerung hatte, außerdem hatte sie knallrot gefärbtes Haar, sodass ich davon ausgegangen war, es würde ihr keine Mühe bereiten, aus sich herauszugehen ... Dies alles führte dazu, dass ich großen Druck verspürte, etwas zu sagen. Mir fiel nichts Besseres ein, als nach ihrem Bein zu fragen.

»Ich soll eine neue Hüfte bekommen«, antwortete sie.

»Dann darf man ja gratulieren.«

»Ah, du bist noch der Alte, das ist schön«, sagte sie, und nach einer kurzen Pause tat sie etwas, das mich äußerst unangenehm berührte: sie legte mir ihre Hand auf den Unterarm. »Ich habe immer gehofft, dich einmal wiederzusehen. Es tut mir so leid, was passiert ist.«

»Was genau tut dir leid?«

»Aber das weißt du doch.«

Ja, ich wusste es. Immerhin hatte sie vor etlichen Jahren mein Leben schon einmal gehörig durcheinander gebracht. Ich fühlte mich unwohl in ihrer Nähe. Es gefiel mir nicht, dass jahrzehntealte Gefühle sich wieder meldeten. Ich hatte wohl das eine oder andere Mal an sie gedacht; auch an einige Träume erinnere ich mich, obszöne Träume, in denen sie eine Rolle spielte. Aber das lag bestimmt fünf Jahre zurück. Und nun tauchte sie auf. Ich hatte keinen Platz für sie. Ich will nicht sagen, dass ich mit der Welt abgeschlossen hatte, denn das hatte ich nicht, aber doch mit einem Teil, einem Großteil. Zu viel ist vorgefallen, und nicht arbeiten zu können, macht die Sache nicht leichter. Und nun tauchte sie auf.

»Denkst du noch manchmal darüber nach?« fragte sie.

Ich schüttelte den Kopf.

»Du wohnst wohl in der Nähe?«

Ich sagte: »Ja.«

Ihre Hand war kurzzeitig von meinem Arm verschwunden, aber jetzt lag sie wieder da, als fürchtete sie, ich würde ihr entwischen. Nach einer Weile sagte sie:

»Das Leben ist kurz, Martin, man sollte seine Zeit nicht damit verschwenden, sich grundlos schuldig zu fühlen.« Sie machte eine Pause, in der sie vergeblich auf eine Reaktion wartete, dann sagte sie: »So, nun bin ich das auch losgeworden. Ich muss jetzt gehen, ich wollte nur die Gelegenheit nützen, um Hallo zu sagen. Wenn du Lust hast, können wir von nun an öfter zusammensitzen.«

Ziemlich perplex nickte ich, während sie mir ihre rot lackierten Fingernägel entgegenstreckte. »Bis zum nächsten Mal«, sagte sie, dann stand sie auf, es dauerte eine Weile, und hinkte langsam davon.

An diesem Tag blieb ich nicht lang im Café sitzen. Ihr Auftauchen stürzte mich in ein Meer aus Vorstellungen und Empfindungen, in dem ich blind herumstrampelte und mich nur mit Mühe über Wasser hielt. Ich fühlte noch immer die Hand ihrer Wärme, nein umgekehrt, ich fühlte noch immer die Wärme ihrer Hand. Und ich war nervös. Sie ist nicht da, du hast keinen Grund, unruhig zu sein, redete ich mir ein. Aber es half nichts. Der bloße Gedanke an sie, und vor allen Dingen: der Gedanke daran, dass ich Gefahr lief, meine einzige Zufluchtsstätte zu verlieren, versetzte mich in eine Stimmung aus Angst und Ausweglosigkeit.

Am nächsten Morgen stand ich vor dem Fenster und konnte mich nicht entscheiden, ob ich hinuntergehen oder besser nicht hinuntergehen sollte. Würde sie wieder dort sein und auf mich zukommen? Schließlich fasste ich mir ein Herz und zog mich an. Als ich ankam, war sie schon da. Und das Schlimmste: sie saß an meinem Lieblingstisch. Sie schien übrigens tatsächlich auf mich gewartet zu haben, denn sowie sie mich hereinkommen sah, winkte sie mir zu. Und als wäre ich nicht schon damit überfordert gewesen, rief sie zweimal: »Hallo, hier drüben!«

Ich drehte mich um und ging. Die Freude, sie zu sehen – denn ich freute mich wahrhaftig, sie zu sehen, es war ein Gefühl, das ich lange nicht mehr erfahren hatte, jemanden wiederzusehen und dabei keinen Widerwillen zu verspüren –, die Freude konnte die Angst und die Nervosität nicht aufwiegen.

Ich ging, dass mir die Fersen brannten. Es war natürlich unsinnig, so schnell zu gehen, sie konnte mir ja doch nicht folgen. Wovor läufst du also davon? fragte ich mich, und ich geniere mich nicht, auch auf von mir selbst gestellte Fragen laut und deutlich zu antworten. Aber hatte ich denn eine Antwort? Ich wusste, dass sie mich störte. Was mich davon abhielt, es ihr zu sagen, wie ich es schon viele Male bei anderen aufdringlichen Personen getan hatte, indem ich zum Beispiel sagte: »Verzeihen Sie, ich ziehe es vor, alleine zu sitzen« oder »Lassen Sie mich gefälligst zufrieden«, für diejenigen, denen mit Höflichkeit nicht beizukommen war – dass ich es bei ihr also nicht getan hatte, hing nicht zuletzt damit zusammen, dass sie mich auf eine Art und Weise störte, die mir höchst widersprüchlich erschien: Ich mochte sie.

Die Wahrheit ist selten erquicklich. Nichtsdestoweniger musste ich mich damit abfinden, wenn ich noch ein wenig weitermachen, wenn ich noch nicht ganz untergehen wollte. Du hast keine Wahl, du musst wieder hingehen, sagte ich mir. Also ging ich. Und ich hatte Glück, denn als ich am nächsten Morgen kurz nach Geschäftsbeginn ankam, war sie nicht da. Ich atmete erleichtert auf und bestellte ein Bier, das ich in großen Schlucken austrank. Erst danach ließ ich mein Frühstück kommen und holte eine Zeitung vom Stapel; es war eine dicke Ausgabe mit farbiger Heftbeilage, und da ging mir auf, dass Sonntag war. Nein, an einem Sonntag würde sie bestimmt nicht kommen, sie hat gewiss Enkelkinder, die sie hüten oder in den Zirkus ausführen muss. Ich täuschte mich. Sie kam, als ich gerade dem Kellner winkte, um nach der Rechnung zu verlangen.

»Ich wollte gerade gehen«, sagte ich.

»Und das, obwohl ich deinetwegen gekommen bin?«

»Die Runde geht an dich«, sagte ich resigniert.

Das erheiterte sie.

»Hör zu, es ist nicht meine Absicht, dir lästig zu fallen«, sagte sie nach einer längeren Pause. »Wenn du lieber alleine bleiben willst, werde ich mich selbstverständlich woanders hinsetzen.«

»Ich würde dich ja dennoch sehen.«

»Und wenn ich mich außerhalb deines Blickfelds platziere?« fragte sie fürsorglich.

»Das würde nichts nützen. Ich würde wissen, dass du da bist, und dann müsste ich früher oder später doch an dich denken.«

»Wie, du würdest an mich denken?«

Sie lächelte, und ich sah ihr prachtvolles Gebiss. Ich dachte: Sie lässt sich rundum erneuern. Auch sie schien sich nicht restlos wohlzufühlen in ihrer Haut, und ausgerechnet diese Vorstellung machte mir Hoffnung. Sie hat auch ihren

Schaden davongetragen, sagte ich mir. Und wenn ich mir einen Ruck gab, schlicht und einfach? Vielleicht ließ es sich am Ende doch mit ihr aushalten; denn es war offensichtlich, dass sie gewisse Absichten mich betreffend verfolgte. So war es schon immer gewesen. Sie hatte mich gewollt, so wie ich sie gewollt hatte, als ich sie nicht hätte wollen dürfen.

»Du fühlst dich wohl inmitten der Schläuche, Kanülen und Gipsfüße, habe ich Recht?« erklärte sie unvermittelt. »Deshalb kommst du hierher, so oft es geht. Oder vielleicht hast du sogar das Gefühl, einer von ihnen zu sein, und das –«

»Ich muss gehen«, sagte ich.

Sie sagte: »Das dachte ich mir«, und mit einem freundlichen, fast herzlichen Lächeln fügte sie hinzu: »Entschuldige, ich wollte dir keineswegs zu nahe treten.«

Ich vollführte eine Handbewegung, die ihr verdeutlichen sollte, dass ich ihr verzieh. Dabei stellte ich mich so ungeschickt an, dass ich das Bierglas umstieß, das vor ihr auf dem Tisch stand. Etwas davon ergoss sich über ihre Hose, doch das schien sie nicht zu bekümmern.

»Wann werde ich dich wiedersehen?« fragte sie.

»Ich werde morgen da sein, und übermorgen.«

»Mittwoch, wirst du auch am Mittwoch da sein?«

»Dann also bis Mittwoch«, sagte ich.

Als ich ging, fühlte ich mich zugleich erleichtert und verzweifelt. Einerseits war ich froh, sie für den Augenblick los zu sein; andererseits empfand ich eine starke Sehnsucht, sie so bald wie möglich wiederzusehen.

Am nächsten oder übernächsten Morgen erwachte ich aus einem Traum, der mich schwer in Verlegenheit brachte: Ich musste mir um jeden Preis rote Socken beschaffen. Eine Landschaft, die einzig aus Shoppingcentern bestand, ich sah weder Straßen, Autos noch Konsumenten – dort wanderte und wanderte ich, mit dem alleinigen Ziel, Socken zu kaufen. Doch es schien unmöglich. Ich musste wohl schon diese Art Halbwelt zwischen Traum und Erwachen erreicht haben, denn die Verzweiflung, die mich angesichts der erfolglosen Suche übermannte, fühlte sich überaus echt an. Dabei brauchte ich nicht einmal welche, meine Kommode ist randvoll mit Socken, ein Paar für jeden Tag, im Hochsommer zwei, und üblicherweise gehe ich gar nicht für mich selbst Kleidung einkaufen, mein Sohn bringt mir, was ich brauche, und ich brauche ja nicht viel.

Ich habe nicht oft Träume dieser Art. Ich meine, ich habe selten welche, deren Bedeutung so klar auf der Hand liegt. Oder in diesem Fall nicht auf der Hand: denn als ich aufstand und etwas verwirrt durch die Räume taumelte, stieß ich mit meinem Ding gegen sämtliche Kästen, Kommoden und sogar Türstöcke, ohne etwas dagegen ausrichten zu können. Ich wollte ihr so dringend an die Wäsche, dass es schmerzte. Ich traf sie nun beinahe täglich, und es fiel mir schwer, ihr in die Augen zu sehen, ohne von dem lästigen Wunsch befallen zu werden, *ihn* augenblicklich zur Schau zu stellen. Ach, er wird keine Preise gewinnen, weder der Größe noch der Ausdauer wegen, aber seine Anwesenheit unter der Tischplatte, du lieber Himmel, es hätte nicht viel gefehlt und er hätte sich etwas zu trinken bestellt, um sich abzukühlen.

Um mich aber kurz zu fassen und ein peinliches Thema zu Ende zu bringen: Es ging schief. Ich vergaß, dass es Strumpfhosen gibt, die eine mühelose Vereinigung behindern. Sie hatte mich zu sich nach Hause eingeladen, und ich will nicht leugnen, dass es die Gier war, die mich so ungestüm und tölpelhaft hatte werden lassen. Und dann lachte sie. Es muss wahrhaftig zum Bersten komisch ausgesehen haben. Sie meinte es vielleicht nicht böse, sie war ja alles in allem kein zynischer Mensch, aber das machte die Sache nicht leichter erträglich. Ich verließ sie unverrichteter Dinge und zog mich in meine Höhle zurück.

Mehrmals war ich nahe daran gewesen, ins Café zu gehen. Ich schlich an den großen Fensterscheiben vorbei, um einen verstohlenen Blick hineinzuwerfen. Zwei Mal sah ich sie an unserem Tisch sitzen. Aber auch an den Tagen, als sie nicht da war, hatte ich nicht den Mut hineinzugehen.

♦

Dann eines Tages, nicht lange nachdem ich beschlossen hatte, mir eine neue Zufluchtsstätte zu suchen, bekam ich unerwarteten Besuch.

Ich war zumindest nicht ganz unvorbereitet darauf: Mein Sohn hatte mich davor gewarnt, dass ein erleuchtet aussehender Mann in Ledersandalen in der Wohnhausanlage sein Unwesen treibe. Aber als ich im Spion das Gesicht meines Bruders entdeckte, konnte ich ja nicht ahnen, dass er es war. Ich hätte ohnehin besser nicht aufgemacht, wir haben uns nie besonders gut verstanden. Da ich ihn jedoch so unvermutet vor meiner Tür stehen sah, nachdem wir einander vier Jahre nicht gesehen hatten, dachte ich, es müsse etwas Wichtiges sein.

»Ah, du bist das also«, sagte ich, und er verstand natürlich nicht, worauf ich anspielte, deshalb deutete ich auf seine Ledersandalen und erklärte: »Ich habe sozusagen mit deinem Besuch gerechnet.«

»Wie, dann hast du den Ruf des Heilands vernommen?«

»Das nicht gerade«, sagte ich, um ihn zu schonen, denn ich hätte liebend gern noch einige andere Dinge zu ihm gesagt. Ich kam nicht dazu, ihn hereinzubitten, er stand praktisch schon in meinem Wohnzimmer. Er hatte eine Tragtasche bei sich, die voll war mit religiösen Zeitschriften. Ich bot ihm Kaffee an. Er hatte sich verändert, seine Haare waren jetzt so lang, dass er sie zu einem Pferdeschwanz zusammenbinden konnte, und er trug einen Vollbart. Ich richtete den Kaffee her und stellte zwei Tassen auf den Tisch. Mir wurde schnell klar, dass ich ihn nicht hier haben wollte. Genau das schien ihm auch mein Gesicht zu verraten, jedenfalls nahm ich das an, als er ein wenig zusammenhanglos sagte:

»Du wirst es nicht glauben, ich bin jetzt ein anderer.«

»So, dann rekrutierst du jetzt verlorene Schafe im Auftrag des Herrn, anstatt ihnen Versicherungen anzudrehen?«

»Dass du es so ausdrückst, muss mich wohl nicht überraschen«, sagte er, während er eines seiner Magazine unauffällig an die Tischkante schob, damit ich es sah. Ich tat ihm den Gefallen und las den Titel: »Ein Herr unserer Zeit.«

»Die Macht des Glaubens kann wahre Wunder bewirken, Martin«, sagte er. »Und eins lass dir außerdem gesagt sein: Jedem kann geholfen werden.«

Dachte er, dass ich Hilfe benötigte? Und ausgerechnet von ihm? Er sah ein, dass er zu weit gegangen war, denn er bemühte sich krampfhaft um Abmilderung, indem er etwas von Liberalismus, Globalisierung und der ewigen Sehnsucht nach Liebe, Weltfrieden und Familienglück murmelte. Es war kaum auszuhalten. Die zunehmende Vereinsamung sei ein logisches Ergebnis der heutigen Leistungsgesellschaft, erklärte er, der man sich nur mit Rückbesinnung auf die wahren Werte und Verzicht entgegenstellen könne.

»Dann gehörst du auch zu den wenigen Auserwählten,

die dem Meister höchstpersönlich in seiner Luxus-Wohngemeinschaft Gesellschaft leisten?«

»Du hast davon gehört?«

»Es war in der Zeitung zu lesen«, sagte ich.

Er ahnte wohl, auf welchen Bericht ich anspielte, sein Gesichtsausdruck verfinsterte sich schlagartig und er gab ein selbstmitleidiges Stöhnen von sich, bevor er sagte:

»Nun, dann weißt du vielleicht auch, dass mein neues Zuhause gar nicht weit von dir entfernt liegt.«

Nachdem er das gesagt hatte, verließen mich die Kräfte und ich verschüttete den Großteil des Kaffees über den Fußboden. Er sprang vom Stuhl auf, eilte herüber und griff nach dem Aufwischfetzen, der in der Ecke unter dem Heizkörper lag. Doch aus irgendeinem Grund trieben mich gerade seine Rettungsversuche zur Weißglut und ich fuhr ihn an, er solle sich lieber um seinen eigenen Dreck kümmern, ich käme auch gut alleine zurecht. Er bat um Verzeihung, er habe nur helfen wollen. Ich entgegnete, die einzige Hilfe, die ich wünsche, sei, dass er mich mit seinen Bekehrungsversuchen verschone. Daraufhin steckte er demonstrativ die Hände in die Hosentaschen und zog sich zum Tisch zurück.

»Ich sehe schon, bei dir ist nichts zu holen«, sagte er.

»Was zum Teufel willst du denn holen?«

»Es tut mir leid, ich hatte fälschlicherweise gehofft, wir könnten auf diesem Weg wieder zueinander finden«, sagte er scheinheilig. »Dass du deshalb gleich aus den Fugen gerätst, kann ja niemand voraussehen.«

Ich holte ein Glas und ging zum Kühlschrank, um mir Wein einzuschenken. Es verursachte mir Kopfschmerzen, ihm zuzuhören. Er redete munter weiter, obwohl er sehen musste, dass meine Aufmerksamkeit sich beständig verringerte. Aber ich war zumindest noch nicht zur Gänze weggetreten, und als ich ihn schließlich sagen hörte, dass er auch Mutter den Weg in ein neues, befreites Leben geebnet habe, tat ich das, was mir in diesem Zusammenhang als einziges in den Sinn kam: Ich nahm seinen Mantel und seine Schuhe, öffnete die Eingangstür und warf sie zusammen mit seiner Tasche hinaus auf den Gang. Ich fügte hinzu, er solle nicht auf die Idee kommen, sich jemals wieder blicken zu lassen.

»Du setzt mich also vor die Tür, weil ich begonnen habe, an etwas zu glauben«, jammerte er. »Das zeigt mir sehr deutlich, wer du in Wirklichkeit bist.«

Während er sprach, sammelte er seine Zeitschriften ein, die quer über den Flur verteilt lagen. Er zog Schuhe und Mantel an, wobei er unverständliche Worte in meine Richtung warf. Als er fertig war, stellte er sich vor mir auf und sagte höhnisch:

»Mach's gut, Martin.«

»Ja, mach's gut«, sagte ich.

Ich warf ärgerlich die Tür hinter mir zu. Die dunkle Aufregung und Nervosität, die sich während der Anwesenheit meines Bruders in mir aufgestaut hatten, führten dazu, dass nach seinem Verschwinden eine große Erschöpfung über mich hereinbrach. Ich bekam jedoch kaum Gelegenheit, mich auszuruhen, denn zwei Minuten später klopfte es abermals.

Er war es wieder; er schien aufgeregt, und er musste die Treppe genommen haben, denn er war völlig außer Atem. Als er endlich ein wenig stotternd zur Sprache fand, meinte er, ich solle mich festhalten, ich werde nicht glauben, wen er unten vor der Haustür getroffen habe, er habe kaum seinen Augen trauen wollen: Andrea.

Ich war wie weggetreten. Was wollte sie von mir? War sie gekommen, um sich zu entschuldigen? Wollte sie einen neuen Anlauf starten?

»Wo ist sie?« fragte ich.

»Ich habe ihr gesagt, du wärst nicht zuhause.«

»Das meinst du nicht ernst …«

Aber er meinte es ernst. Ich schlüpfte in die Hausschuhe, steckte den Schlüssel ein und rannte die Treppe hinunter. Ich hörte, dass er mir folgte. Als ich unten bei der Haustür ankam, war sie nirgends zu entdecken.

»Darf ich fragen, was das zu bedeuten hat?« sagte er. »Du willst mir doch nicht weismachen, ich hätte sie zu dir hinauflassen sollen.«

Meine Antwort war, dass ich nun nicht mehr davor zurückschreckte, handgreiflich zu werden: Ich verpasste ihm eine Ohrfeige. Es sah bestimmt lächerlich aus, sie war längst nicht so kraftvoll ausgefallen, wie ich geplant hatte, ich war während das Ausholens unschlüssig geworden, weil ich fürchtete, man könnte uns für ein Paar halten, von dem ein Teil naturgemäß der betrogene war, und dass in diesem Fall ich für den Betrogenen gehalten würde, und diese Vorstellung ließ mich zögern, aber dann ging mir auf, dass ich ja tatsächlich in gewisser Weise von ihm betrogen worden war, was die Lust in mir weckte, noch härter zuzuschlagen, doch da war die Hand schon nicht mehr zu kontrollieren, und es kam zu diesem wenig zufriedenstellenden Ergebnis.

»Wofür das jetzt gut war, will ich gar nicht erst wissen«, sagte er beleidigt. »Ich bin mir jedenfalls keiner Schuld bewusst, nur damit du's weißt.«

Diese Sturheit trieb mich noch mehr auf die Palme. Aber die Fassungslosigkeit, weil er ungefragt in mein Leben eingegriffen hatte und die Enttäuschung darüber, dass Andrea gegangen war, hielten mich davon ab, auf offener Straße noch schlimmere Dinge mit ihm anzustellen.

»Ehrlich gesagt wundert es mich, dass sie dir geglaubt

hat«, sagte ich, als ich mich weitgehend beruhigt hatte.

Darauf antwortete er mit einer langen Predigt: Dass es ihm gleichgültig sei, wofür ich ihn hielte, dass er jedoch nur schwer einsehen könne, dass ich ausgerechnet jene Person verteidige, die nach dem Tod meiner Frau alles daran gesetzt habe, sich in Luft aufzulösen und die immerhin nicht ganz unschuldig daran sei, dass ich zu dem geworden war, der ich bin... Hier unterbrach er sich und sagte: »Oder gehst du inzwischen nicht mehr in die Klinik und siehst nach ihrem Bett?« Darauf antwortete ich nicht, und das gab ihm Gelegenheit hinzuzufügen, das habe er sich schon gedacht, und das sei es auch, was er damit gemeint habe, dass er sich keiner Schuld bewusst sei. Er werde jetzt gehen, ich wisse ja, wo ich ihn fände, wenn ich ihn brauche. Ich fürchtete, er würde in seiner erleuchteten Art ergänzen, jedem könne geholfen werden, und mir sogar eine Zeitschrift in die Hand drücken. Aber er hielt sich zurück. Ich blickte ihm nach, wie er die Straße entlang trottete, um zur Bushaltestelle zu gelangen. Und nicht nur das, ich wartete sogar, bis er eingestiegen war, ich fühlte einen allgemeinen Frieden in mir, nicht wegen ihm, jedenfalls nicht wegen ihm allein, denn plötzlich glaubte ich zu wissen, wohin *sie* gegangen war, und ich beeilte mich nach oben in die Wohnung, zog mich rasch um und machte mich auf in die Klinik.

In guter Gesellschaft

Lange Zeit bin ich am Weihnachtsabend nicht mehr zuhause gewesen. Es war vielleicht das letzte Mal, dieses Jahr, das allerletzte Mal, ein Menschenleben währt nicht ewig.

Ich will nicht behaupten, dass ich es satt habe, zu leben; aber die Vorstellung, sozusagen meine letzte große Feierlichkeit zu begehen, erfüllte mich in den vergangenen Tagen immer häufiger mit einem Gefühl großer Wärme und Zufriedenheit. Und es musste wohl aufgrund dieser außergewöhnlichen Hochstimmung gewesen sein, dass ich mich am frühen Nachmittag unvermittelt dazu entschloss, hinauszugehen und einen Weihnachtsbaum zu kaufen. Ich wusste, dass bei der Schnellbahnstation nahe dem Einkaufszentrum ein Händler zu finden war, und ich ging fröhlich und mutig und sagte mir: Jawohl, es ist dein einundachtzigstes Fest, und es ist ein schönes Fest.

Aber ich musste kurzzeitig vergessen haben, wie alt ich aussehe, denn als ich eine Viertelstunde später unter der Brücke bei der Station ankam, erlebte ich die erste bittere Niederlage des Tages.

Ich fand eine prächtige Silbertanne; ich packte sie am Kragen, um sie mir nicht von einem Jungen mit dicken Brillen wegschnappen zu lassen, der sie aus der Ferne ins Auge gefasst hatte. Dann winkte ich dem Händler. Und während ich ihn auf mich zukommen sah, beschlich mich die Vermutung, dass das Geschäft nicht reibungslos über die Bühne gehen würde. Ich wollte den Preis drücken, worauf er wider Erwarten einstieg. Doch als er fragte, wo ich meinen Wagen geparkt hätte, damit er mir helfen könne, den Baum einzuladen, und ich antwortete, dass ich kein Auto besäße, blieb er stur und wollte wissen, wo ich wohnte, ich sagte es ihm, und da fing er an, aus vollem Halse zu lachen.

»Zum Teufel, was geht es Sie an, wo ich wohne?« sagte ich so laut ich konnte. »Wollen Sie ein Geschäft machen oder nur dastehen und dumm vor sich hin lachen?«

»Oh, keine Sorge, ich mache meine Geschäfte«, erwiderte er ruhig. »Aber ich gehöre nicht zu denen, die dafür über Leichen gehen.«

Mir stockte der Atem, als ich ihn das sagen hörte. Er hatte großen Spaß daran, den Kabarettisten zu geben, und sein Blick haschte gierig nach der Aufmerksamkeit der anderen Kunden, von denen einige in der Nähe standen und warteten. Sie stiegen darauf ein und lachten. Wahrscheinlich fürchteten sie, auf ihren Preisnachlass verzichten zu müssen, wenn sie es nicht taten. Selbst der Junge mit Brille grinste, obwohl er die Unverschämtheit hinter den Worten kaum begriffen haben konnte.

»Haben Sie eine Ahnung, wie viel dieser Baum wiegt?«

»Haben Sie eine Ahnung, wie kräftig ich bin?« entgegnete ich blitzartig, zerrte mit aller Gewalt die Tanne hinter mir her und fand großes Vergnügen daran, mit lauter Stimme für alle gut hörbar hinzuzufügen: »Und für Ihre diskriminierenden Worte erlaube ich mir, zwanzig Prozent vom ausgehandelten Preis abzuziehen.«

Dann griff ich in die Hosentasche nach einem Geldschein, klatschte ihn auf seine Handfläche und verabschiedete mich. Ich fühlte die Blicke in meinem Rücken.

Ich fand, dass ich mich tapfer geschlagen hatte, es war ein würdevoller Abgang.

Doch nachdem ich die fünfzehn Meter bis zur nächsten Hausecke hinter mich gebracht hatte, musste ich mich hinter der Mauer verstecken, um zu verschnaufen. Ich war niedergeschlagen. Es ist Zeit, dass du gehst, sagte ich mir. Du bist viel zu lange ein Teil der allgemeinen Komödie gewesen, jetzt ist's genug. Und sollte auch das Schicksal nicht die Güte haben, sich auf meine Seite zu schlagen, was es selten getan hat, und mich spätestens bis Sommerbeginn dorthin geleiten, wohin ich gehöre, so bleibt mir als nächster Schritt in die richtige Richtung noch immer das Heim. Auch dort hast du deinen Baum und sogar Gesellschaft, und mit vorlauten Händlern brauchst du dich erst gar nicht herumzuschlagen.

Ich ließ den Baum, wo er war, ich hatte ihn an die Hausmauer unter ein Fenster gelehnt, und ohne mich zu vergewissern, ob ich beobachtete wurde, machte ich mich davon.

Die letzten zwanzig Jahre habe ich Weihnachten bei meinen Töchtern verbracht. Sie behaupten, mich zu lieben, und werden nicht müde zu beteuern, dass sie mich gern um sich haben. Das kann man bezweifeln angesichts der Tatsache, dass ich in den langen Jahren, die ich abwechselnd bei der einen und bei der anderen verbracht habe, drei Scheidungen und einen Wohnungsbrand wenn nicht ausgelöst, so immerhin begünstigt habe. Ich neige dazu, Chaos zu verursachen; ich fand, dass es an der Zeit war, loszulassen. Auch sie haben es verdient, in Ruhe gelassen zu werden. Heutzutage ist die Familie gegenüber dem persönlichen Glück ins Hintertreffen geraten; das muss man akzeptieren, wenn man noch ein wenig an dieser Welt, an diesem Wettkampf teilhaben will.

Zuhause nahm ich das Telefon vom Netz und ließ mich aufs Bett fallen. Ich sank fast augenblicklich in einen tiefen Schlaf. Ich war erschöpft, außerdem wusste ich nicht, wie ich die Stunden bis zum frühen Abend verbringen sollte. Die Tage sind so lang, es ist kaum auszuhalten. Ich erwachte zweieinhalb Stunden später. Ich war unruhig, mir war im Traum meine erste Frau erschienen. Sie war so, wie ich sie zuletzt gesehen hatte, zwei Koffer in der Hand, und sie warf mir einige fiese Grobheiten an den Kopf. Ich stand auf und zog mich um, nicht festlich, aber ich wollte doch lieber auf den Hausanzug und die Wollpantoffeln verzichten. Dann holte ich den Mantel aus der Garderobe und ging hinaus auf den Balkon.

Ich hatte einen guten Blick über den Innenhof. Ich sah die aufgeputzten Christbäume und reichlich gedeckten Esstische; zwei Mal hatte ich sogar das Glück, ein Kind beim Auspacken der Geschenke zu beobachten. Und wie um meine Sentimentalität auf die Spitze zu treiben, wurde irgendwo im zweiten oder dritten Stock ›Stille Nacht‹ zu singen begonnen. Ich schloss die Augen und lauschte. Es tat ein wenig in den Ohren weh, weil es so falsch klang. Aber ich war voll Zuversicht und verspürte einen starken, alles umfassenden Optimismus. Sieh an, es wird also noch gesungen! rief es in mir, und plötzlich erschien mir die Welt in einem strahlenden Licht. Aber alles in allem war es doch nur ein kurzes Vergnügen, denn bald darauf dröhnte eine tiefe Männerstimme durch den Innenhof:

»Mach dein Fenster zu!«

Darauf folgte eine Stille. Der Frieden währte jedoch nur kurz, denn gleich darauf wurde wieder gesungen, und die Stimme meldete sich sofort zurück:

»Du sollst dein verdammtes Fenster zumachen!«

Wieder keine Reaktion, bis er schließlich dazu überging, kleine Gegenstände zu werfen. Aha, er will sich seinen Frieden also mit kriegerischen Mitteln erkämpfen, dachte ich belustigt, obwohl nichts daran lustig war, die Welt ist tatsächlich so.

»Beruhig dich, Mann, es ist Weihnachten!« kam es als Antwort aus einem Fenster unter mir.

»Du sagst es, Alter! Dann sei wenigstens so erlöst und mach dein Fenster zu. Ich will meine eigenen Kinder singen hören, vor meinem eigenen verdammten Baum.«

Ich kann nicht leugnen, dass ich das Schauspiel, oder richtiger: das Hörspiel in vollen Zügen genoss. Ich überlegte sogar, hineinzugehen und mir ein Glas Sekt und eine Zigarette zu holen, aber ich hatte Angst, etwas Entscheidendes zu verpassen.

»Hör zu, mir ist der Fisch angebrannt«, erläuterte die Stimme unter mir. »Tut mir leid, Mann, ich kann mein Fenster nicht zumachen. Oder willst du, dass wir hier drin ersticken? Es hat nicht jeder eine so große Wohnung, dass er den Fettgestank in einer separaten Küche wegsperren kann.«

»Was um alles in der Welt redest du? Meine Wohnung ist um keinen Quadratmeter größer als deine.«

»Ach, ist das so?«

»Willst du's dir anschauen?«

»Wie wär's übrigens, wenn du dein eigenes Fenster zumachst? Hast du daran schon mal gedacht?«

»Das ist es ja gerade, das Fenster war zu! Deine Sängerknaben hört man noch durch eine Tresorwand.«

»Was nützt es dann, wenn ich es schließe?«

»Tu's einfach«, rief er, und dann sagte er etwas Verblüffendes: »Was hätte Jesus an deiner Stelle getan?«

Und die Antwort darauf war um nichts weniger verblüffend:

»Das kann ich dir sagen, Mann: Er wäre hinübergegangen und hätte dir eine heilende Hand aufgelegt, um dir deine Macken auszutreiben.«

Immerhin hatte er bei all der lächerlichen Tragik noch einen Sinn für Humor bewahrt. Oh ja, ich hatte meinen Spaß an ihnen gehabt, das muss ich sagen! Das ist es schließlich, was mich am Leben hält, ich meine das Lachen, denn ich lache viel und auch laut, am liebsten über menschliche Dummheit und die Unsinnigkeiten des Daseins. Soviel Stumpfsinn aus nächster Nähe hatte etwas Befreiendes, ich fühlte mich auf einmal so frisch und fröhlich wie schon lange nicht mehr. Aus diesem Grund, und weil es außerdem die Geburt des Erlösers zu feiern galt und ich viel zu aufgewühlt und gesund war, um den restlichen Abend zuhause zu verbringen, beschloss ich, in einer der Gaststätten in der Nähe ein Bier zu trinken.

Aus Übermut verzichtete ich sogar darauf, die klobigen und wenig kleidsamen Winterschuhe anzuziehen, was sich als Fehler herausstellte: es hatte zu schneien begonnen. Und dass ich aufgrund des nassen Asphalts mit meinen klapprigen Beinen am Gehsteigrand staksen und mich an den Hausmauern abstützen musste, um nicht auszurutschen, vertrug sich nur schlecht mit meinem gegenwärtigen Zustand der Lebensfreude und Eitelkeit. Gleich darauf fiel mir ein, dass der Gasthof, den ich ansteuerte, womöglich gar nicht geöffnet hatte, da es ja kein gewöhnlicher Abend war, und diese Vorstellung betrübte mich zusätzlich. Daran hättest du weiß Gott früher denken können, dachte ich deprimiert und war kurz davor, umzukehren, um mir wenigstens die Hälfte des Rückwegs zu ersparen. Doch dann entdeckte ich aus der Entfernung die Tankstelle, wo ich früher gelegentlich auf dem Nachhauseweg von einem alten Bekannten eingekehrt war, um ein Glas Wein zu trinken, und meine ursprüngliche Stimmung meldete sich schlagartig zurück. Ich bildete mir sogar ein, Licht zu sehen. Aber ja, die Tankstelle muss doch zwangsläufig geöffnet haben, dachte ich freudig, und plötzlich begannen meine Beine wie auf Schienen zu laufen.

Ich fand einen Tisch unter einer künstlichen Palme. Es war ein guter Platz mit freier Sicht auf die Zapfsäulen und die Einfahrt der Waschstraße. Ich war nicht allein. Auch an anderen Tischen hockten vereinsamte Zeitgenossen hinter ihren Bierflaschen und Weingläsern. Es war ein Anblick, der mich bedrückte. Aber ich war trotz allem nicht ohne Hoffnung, denn zwischen zwei Alten in der hinteren Ecke war es über die Tischgrenzen hinweg sogar zu einer Unterhaltung gekommen. Es ging wohl um die große Zahl ausländischer Zuwanderer im Bezirk, die wenigstens einem von ihnen, wahrscheinlich beiden ein Dorn im Auge waren, und wenn ich auch wenig zu dem Thema zu sagen hatte, oder jedenfalls nichts, um mich auf Anhieb beliebt zu machen, war ich doch guter Dinge und sagte mir: Nur Mut, mit ein bisschen Glück wird man dich am Ende von selbst an den Tisch bitten, oder noch besser, dich zum gemeinsamen Kartenspiel einladen. Aber die Phantasie ist eine Sache, die Wirklichkeit eine andere.

Ich hatte noch nichts zu trinken, und der Tankwart, der zugleich der Wirt war, befand sich außerhalb meines Blickfelds hinter der Theke. Das bedeutete, dass ich aufstehen musste, um mir selbst etwas zu besorgen, wenn ich nicht durstig und verlassen an meinem Platz bleiben wollte. Da geschah es: Ich glitt aus und stürzte zu Boden.

Es war ein Zusammenspiel einzelner Faktoren, die sich zu einem großen, unvorteilhaften Resultat verbanden. Die beiden Männer im Hintergrund hatten ihren Teil dazu beigetragen, auch die junge Frau an der Bar, vor deren Augen ich zusammengebrochen war – sie sollten nicht merken, wie alt und hinfällig ich war. Und ich hatte wahrhaft viel daran gesetzt, meinen kurzen Gang mit Eleganz, gewissermaßen mit Jugend auszustatten, und Taten von meinen Beinen gefordert, die zu vollbringen sie nicht bereit waren. So war ich zu einem Opfer meiner Sehnsucht nach Würde und Anerkennung geworden. Das schmerzte. Und es schmerzte wortwörtlich, denn ich lag da und hatte mir die linke Schulter verletzt.

Man kam, um mich aufzuheben. Die junge Frau kniete neben mir und flüsterte mir ermutigende Worte ins Ohr. Ich war ein wenig benommen. Nicht ohnmächtig, aber unfähig, mir selbst auf die Beine zu helfen. Ich weigerte mich, auf einem Stuhl Platz zu nehmen. Stattdessen setzte ich mich neben die junge Frau an die Bar und verlangte nach Schnaps.

»Sind Sie sicher?« fragte sie.

Ich blickte sie an; wahrscheinlich lächelte ich.

»Wollen Sie nicht lieber ein Glas Wasser trinken?«

»Schnaps«, sagte ich.

Ich bekam ihn. Der Wirt verschwand in eine Kammer hinter der Bar und führte ein Telefongespräch. Ich ahnte, worauf das alles hinauslaufen würde. Aber ich ließ mir nichts anmerken. Ich tat mir selbst aufrichtig leid. Es ist das Ende, es hat keinen Sinn mehr, sagte ich mir, und ich musste wohl lauter gedacht haben, als mir lieb war, denn plötzlich hörte ich die junge Frau neben mir vorwurfsvoll äußern:

»Aber ich bitte Sie, so dürfen Sie nicht denken.«

»Ach, Sie meinen, weil das Leben so lebenswert ist?« sagte ich, was ich im selben Moment bereute, sie hatte sich solche Mühe gegeben. Um ihr also zu zeigen, dass ich nicht undankbar war, und ihr zu verdeutlichen, dass sie, wie es heißt, gut mit den Menschen könne, fragte ich:

»Sind Sie Krankenschwester?«

»Nein, Frisörin«, antwortete sie verdutzt.

»Dann sehen Sie zu, dass Sie den Beruf wechseln. Sie würden eine verdammt gute Krankenschwester abgeben, oder meinetwegen Pflegerin oder wie man sie nennt. Die alten Herren würden sich den Arsch aufreißen, um von Ihnen gewaschen zu werden.« Sie lachte. »Kennen Sie das Altenheim im Dreizehnten?«

»Aber deswegen brauchen Sie doch nicht gleich ins Altenheim zu gehen«, sagte sie liebevoll.

»Doch, ich muss «, erwiderte ich.

»Nein, müssen Sie nicht.«

Sie war stur, das gefiel mir.

»Sie verstehen nicht, ich habe in der freien Wildbahn nichts mehr zu suchen. Alles hat ein Ende, das ist das Herrliche am Leben. Es wird zu schwer, sich bei so viel Sinnlosigkeit auf den Beinen zu halten; ich meine, wenn einem die Gründe ausgehen, weshalb man leben soll. Ich habe Kinder, aber die können mich ja schon lang nicht mehr brauchen.«

Ich war ein wenig weggetreten, als ich das sagte. Das heißt, ich sagte es in einem Anflug von Melancholie mehr zu mir selbst als zu ihr. Um ihr aber zu zeigen, dass ich kein alter Egoist bin und mich im Gegenzug auch ihr Schicksal interessierte, fragte ich, was sie auf die Idee bringe, ausgerechnet an diesem Abend allein an der Bar einer Tankstelle zu sitzen. Sie zuckte mit den Schultern und lächelte. Wenn sie nicht antworten wollen, lächeln sie oder klimpern mit den Wimpern; diese hier lächelte, aber das stand ihr alles in allem nicht gut zu Gesicht: es fehlten zwei Zähne.

»Wo starren Sie hin?« sagte sie.

»Nun ja –«

»Vielleicht können Sie sich jetzt vorstellen, was mich an einem Tag wie diesem hierher treibt« sagte sie.

Ich bat sie um Verzeihung. Und um sie mitleidig zu stimmen, hielt ich mir die verletzte Schulter. Ich hätte beinahe gesagt, sie könne ja auf so viele andere Arten lächeln, sodass niemand das Fehlen der ausgeschlagenen Zähne bemerke, mir selbst war es auch erst jetzt aufgefallen, da sie die Oberlippe hochgezogen hatte, und beim Reden war überraschenderweise gar nichts zu sehen. Natürlich sagte ich nichts; man wird ja praktisch immer missverstanden.

Als ich das leere Glas entdeckte, das vor ihr auf der Bar stand, kam mir eine Idee. Ich nutzte die Gunst des Augenblicks, um mich für ihre aufmunternden Worte zu revanchieren, und fragte, ob ich sie auf ein Getränk einladen dürfe. Ich durfte. Aber die Geste verlor an Wirkung, als ich dem Wirt winkte und lässig äußerte: »Noch zwei«, denn er entgegnete kühl: »Der Krankenwagen wird gleich da sein.«

Darauf hätte ich gerne geantwortet, dass ich keiner ärztlichen Hilfe bedurfte, ausgenommen der eines Euthanasisten – aber das ist in diesem Land kein realer Beruf. Stattdessen dankte ich ihm für die Hilfe und sagte, er solle mir trotzdem noch einen geben. Die junge Dame lächelte nicht mehr. Ich hätte gerne etwas gesagt, um sie aufzuheitern. Ich ließ es sein, ich wäre bestimmt ins nächste Fettnäpfchen getreten.

Ein Vorteil, alt zu sein, besteht darin, dass es manchmal genügt, einen etwas erschöpften Eindruck zu machen, um sich im Krankenhaus die langen Wartezeiten zu ersparen. Ich hatte Glück, dass die Wirkung der zwei Schnäpse mit einer allgemeinen Kraftlosigkeit verwechselt wurde, sodass ich insgesamt nicht länger als eine halbe Stunde darin verbrachte. Ich habe ja nichts gegen Krankenhäuser – ganz und gar nicht, es gab eine Zeit, da ich nichts lieber tat, als allabendlich durch die Stationen der städtischen Klinik zu schlendern –, letzten Endes aber war ich doch erleichtert, dass man mir nur ein blaues Klebeband um die Schulter heftete. Anschließend bot man mir an, mich nach Hause zu bringen. Das wollte ich nicht, und daraufhin entbrannte ein Streit, der mich zum Mittelpunkt des vollen Wartesaals machte: Ich bestand darauf, zu Fuß zu gehen. Der Krankentransport stehe bereit, sagten sie. Darauf entgegnete ich, dass ich bloß einen zwanzigminütigen Fußmarsch entfernt wohne, und außerdem sei ich ja nicht krank. Aber man wollte mich nicht ziehen lassen. Ich wurde daran erinnert, dass es Richtlinien gebe, und zwar aus Gründen, die mit negativen Erfahrungen und alten Menschen zu tun hätten. Ich war so aufgebracht, dass ich ein bisschen vergaß, wo ich war; ich schrie, dass die Ärzte aus ihren Behandlungsräumen heraustraten. Man zeigte auf mich und vollführte Handbewegungen, die mich als verrückt oder zumindest nicht ganz zurechnungsfähig darstellten, und da riß mir endgültig der Geduldsfaden. Ich war nicht bereit, mich meiner grundlegenden Rechte berauben zu lassen, und das sagte ich. Am Ende ließ ich mich sogar dazu herab, mich ebenfalls durch Handbewegungen verständlich zu machen, oder genauer gesagt: durch eine Fingerbewegung. Und dann ging ich. Wäre ich jünger gewesen und mein Arm nicht durch das Klebeband in seiner Bewegung beeinträchtigt, ich hätte beide Hände in die Luft geworfen, um der Welt meinen Triumph zu verkünden, jedenfalls einer kleinen Welt.

Aber ich hatte kein Glück. Ich musste mindestens vier Mal im Kreis gegangen sein, bis ich den Ausgang fand. Da trat ein Mann meines Alters an mich heran. Ich wusste, dass ich ihn kannte, aber ich konnte ihn nicht einordnen. Ich erinnerte mich, ihn im Wartesaal sitzen gesehen zu haben, als ich die Krankenschwestern in Aufregung versetzt hatte.

»Schmeller, bist du's?« sagte er.

Meine Laune war nicht die beste. Zum einen, weil ich nicht wusste, mit wem ich es zu tun hatte, während er, der doch mindestens genauso alt sein musste wie ich, offenbar mit einem besseren Erinnerungsvermögen ausgestattet war. Zum anderen hatte ich ihn ja im Wartesaal sitzen gesehen, und das bedeutete zwangsläufig, dass er nach mir an der Reihe gewesen war – aber vor mir den Ausgang gefunden hatte! Er fragte sich bestimmt, was ich in der Zwischenzeit getrieben hatte. Dass man sich nie, auch nicht in den finstersten Stunden, von den elenden Konkurrenzgedanken befreien kann! Nun, er dachte womöglich gar nicht, was ich dachte, aber ich war so besessen von der Idee, nicht als Verlierer dazustehen – die Wettbewerbsgesellschaft kennt keine Altersgrenzen mehr –, dass ich bald gesagt hätte, ich wäre noch in der Bäckerei beim Haupteingang gewesen, um mir ein Abendessen zu beschaffen. Glücklicherweise fiel mir ein, was für ein Tag war, sodass ich mich zumindest vor dieser Dummheit bewahrte. Um mir jedoch keine Blöße zu geben, was unsere Bekanntschaft betraf, tat ich überrascht und sagte:

»Du hier? Das ist aber ein Zufall.«

»Du hast nicht die leiseste Ahnung, wer ich bin, habe ich

Recht?« sagte er, wobei er keinen Zweifel aufkommen ließ, dass er es genoss, mich im Dunkeln tappen zu sehen. Und da wusste ich es plötzlich.

»Du hast dich verändert«, stellte ich nüchtern fest.

»Es ist wohl das Alter«, scherzte er. »Aber weißt du, ich höre im Gegenteil immer wieder, dass ich mich gerade auffallend wenig verändert hätte und immer noch aussähe wie vor zwanzig Jahren.«

Das sagte er tatsächlich, ohne rot zu werden. Nun, da ich wusste, wen ich vor mir hatte, fühlte ich eine leichte Unruhe und Übelkeit in mir wachsen. Es war mein alter Schulkollege Steiner, der später durch einen seltsamen Zufall sechs Jahre lang auch mein Zahnarzt gewesen war. Natürlich war es mir deshalb umso unangenehmer, dass ich ihn nicht wiedererkannt hatte; das Gesicht des Mannes zu vergessen, dem man, wenn auch unfreiwillig, einen Großteil seiner Beißkraft verdankt, verdient nicht die große Anerkennung.

»Nein, also sowas, dich hier zu treffen«, sagte er plötzlich und seufzte. »Ist es nicht immer wieder erstaunlich, wie klein die Welt ist?«

»Oh ja, und das Leben ist kurz«, sagte ich spöttisch.

»Die Zeit vergeht so schnell.«

»Und doch vergeht sie nie schnell genug.«

»Na, jetzt widersprichst du dir aber«, äußerte er lachend, er verstand wohl nicht, dass ich mir eine kleine Ironie auf seine Kosten erlaubt hatte. »Jedenfalls, was mich betrifft, ich könnte gut und gerne noch weitere achtzig Jahre vertragen. Schade nur, dass die Medizin nicht weit genug fortgeschritten ist, es gäbe noch so viel zu entdecken.«

»Hm, na ja, ich weiß nicht recht. Allein der Gedanke an die Ewigkeit macht mich ganz schwindlig.«

»Wie, du meinst, du würdest nicht noch einmal so lange leben wollen, wenn man es dir anbieten würde?«

»Nun ja, es erübrigt sich wohl, darüber zu diskutieren«, sagte ich etwas mürrisch. »Ich persönlich halte jedenfalls nichts davon, das Leben künstlich zu verlängern. Es liegt vielleicht daran, dass ich die Vorstellung des Menschen als Krone der Schöpfung nicht gut vertrage.«

An dieser Stelle musste ich mich unterbrechen, ich wäre sonst noch ins Philosophieren geraten. Ich hätte nichts dagegen gehabt, ihn bald loszuwerden. Nicht, weil ich lieber allein geblieben wäre, nein, aber ich begann langsam, mich zu erinnern, wer er war, und das machte mich unleidlich und verlegen. Seit ich ihn kannte, war er stets der Leithammel gewesen, einer von der Sorte, die sich keinen Zentimeter von der Siegerstraße entfernen und es verstehen, jede Situation zu ihren Gunsten zu beeinflussen. Doch meine Einsamkeit und Melancholie waren anscheinend stärker, als ich gedacht hatte, denn als er mich fragte, ob ich Lust hätte, ein Stück weit mit ihm zu gehen, willigte ich ohne zu zögern ein. Und nicht nur das, ich war sogar so naiv, mir einzubilden, es könne trotz allem noch ein erfreulicher Abend werden. Jetzt hast du jedenfalls Gesellschaft, dachte ich. Auch er ist alt, er ist bestimmt weiser und bescheidener geworden und hat eingesehen, dass Hochmut und Ignoranz nichts weiter sind als winzige Staubkörnchen, die in den unendlichen Weiten des Universums verglühen.

So gingen wir eine Weile, obwohl wir nicht denselben Weg hatten; er bestimmte die Richtung, und ich hatte nicht den Mut, ihm zu gestehen, dass ich mich immer weiter von meiner Wohnung entfernte. Wir hatten uns übrigens nichts mehr zu sagen. Auch er schien nicht mehr als ein Mittel zum Zweck in mir zu sehen, so wie ich in ihm, und wenn er auch niemals zugegeben hätte, dass er alt und einsam und traurig war, ich konnte es ihm dennoch ansehen. Und wie um mir das Gegenteil von dem zu beweisen, was ich eben über ihn gedacht hatte, machte er einen unerwarteten Zwischenschritt und rief:

»Nein, Schmeller, es ist noch so verdammt früh! Was meinst du, stellen wir noch was auf die Beine?«

Nun, wir stellten gar nichts mehr auf die Beine. Denn nachdem wir wenige Augenblicke später an einer Baustelle vorbeikamen, versperrten uns drei finster aussehende Männer den Weg.

Ich habe keine Erfahrung mit Überfällen: also kramte ich die Geldbörse aus der Manteltasche und streckte sie ihnen entgegen. Sie waren ja weniger daran interessiert, uns körperlichen Schaden zuzufügen, lediglich an Geld und anderen Habseligkeiten. Was mich betrifft, hatte ich alles gegeben, was ich besaß; ich trage weder eine Uhr noch hatte ich ein Telefon dabei. Als mir jedoch einfiel, dass sich auch mein Ausweis und die Jahresfahrkarte für die Öffentlichen in der Geldbörse befanden, kam ich auf die leichtsinnige Idee, sie zu fragen, ob man sie mir nach Entfernung des Geldes freundlicherweise retournieren könne, um, wie ich es formulierte, einem betagten Mann die nervenaufreibenden Amtswege zu ersparen. Dass ich das sagte, führte zu einiger Verwirrung, die sich positiv für Steiner auswirkte: Er nützte die Gelegenheit und versetzte mir einen Stoß, der mich vornüber in die Angreifer stürzen ließ, um so noch größere Verwirrung zu stiften, und dann lief er (wenn man das laufen nennen konnte) mit wild rudernden Armen um Hilfe schreiend zur Straße. Sein Plan ging auf, er wurde nicht verfolgt, und die drei Schurken beeilten sich, mit mir fertig zu werden und suchten das Weite.

Also war ich wieder auf mich allein gestellt. Ich lag mit dem Rücken an der Absperrung der Baustelle und weinte. Es war finster, die nächste Straßenlaterne war zehn Meter entfernt, und ich hatte große Lust, auf ewig einzugehen in diese Finsternis. Einen Augenblick dachte ich sogar daran, das Gerüst hinaufzuklettern und mich hinunterfallen zu lassen; aber ich wäre wahrscheinlich in einem Haufen Sand oder Styropor gelandet.

Ich schaffte es, mich aufzurappeln, ich war wütend und ziemlich deprimiert, und die Schulter hatte wieder angefangen zu schmerzen. Lass gut sein, du bist bald fertig, sagte ich mir. Das Leben ist grausam, doch es geht weiter, noch ein bisschen weiter, da ist nichts zu machen.

Nun, einen Lichtblick gab es immerhin. Als ich mich auf den Heimweg machte, fiel mir zwar auf, dass ich keine Wohnungsschlüssel mehr hatte – sie mussten mir beim Sturz, bei einem der Stürze, aus der Tasche gefallen sein, und das war natürlich ärgerlich, ich fühlte mich dadurch noch verlorener und heimatloser, aber ich ging weiter, immer weiter, ich würde bei einem der Nachbarn anläuten müssen, um den Aufsperrdienst rufen zu lassen. Doch als ich gerade bei der U-Bahnstation um die Ecke bog, erlebte ich eine Überraschung: Meine jüngere Tochter stand mit ihrem Ersatzschlüssel vor dem Eingang zum Wohnhaus. Mir wurde ganz mulmig, als ich sie sah, und eine große Wärme ging durch mich hindurch. Ich beeilte mich zu ihr, und sie fiel mir um den Hals.

»Schon gut, es geht mir gut«, versuchte ich sie zu beruhigen. »Du brauchst dir keine Sorgen um mich zu machen.«

»Aber das weiß ich doch.«

»Bist du nicht gekommen, um nachzusehen, ob alles in Ordnung ist?« fragte ich, worauf sie mich ratlos anblickte.

»Ich dachte, du hättest vielleicht versucht, mich zu erreichen, aber ich habe ja das Telefon ausgesteckt.«

Sie sah mich verwirrt an; da merkte ich, dass sie geweint hatte. Ich hatte mich getäuscht, was ihre Anwesenheit betraf. Wie sich herausstellte, hatte sie ihren Mann verlassen, weil sie herausgefunden hatte, dass er noch eine zweite, geheime Beziehung hatte, aus der sogar ein Sohn hervorgegangen war. Ich war ihr Vater, ich nahm sie in den Arm. Sie wollte ihre Schlüssel wegpacken, sie konnte ja nicht wissen, dass ich meine verloren hatte, und ich nahm sie ihr unauffällig ab und schloss auf.

»Ich wusste nicht, wohin ich gehen sollte«, sagte sie.

Ich war glücklich, aber das sagte ich nicht.

Im alten Haus

Das Wetterleuchten schien kaum näher zu rücken. Es war halb acht Uhr an einem Samstagabend; sie saßen am Küchentisch und tranken Wein. Sie hatten sich nicht viel zu sagen. Im Hintergrund lief das Radio. Einmal machte Johanna eine Bemerkung über das Wetter, und er bemühte sich, sie zu beruhigen, indem er erklärte, dass sie vor Gewittern keine Angst zu haben brauche. Überdies hätten die Vorhersagen in letzter Zeit sehr zu wünschen übrig gelassen und womöglich werde es gar nicht so schlimm werden, wenn sie in knapp einer Stunde im Auto säßen.

Nachdem eine Weile nichts gesagt worden war, erhob sich Paul, ging hinüber zum Radio und schaltete es aus. Als er an den Tisch zurückkehrte, warf Johanna ihm einen fragenden, fast vorwurfsvollen Blick zu, der ihn zu einer Erklärung veranlasste. Es sei die Stimme, er habe die Stimme dieser Sängerin noch nie ausstehen können, sie sei so schrill und gebrochen, ob sie nicht auch finde? Aber das sei es ja gerade, was sie so interessant mache, konterte sie, weil sie eben nicht so sauber und durchschnittlich klinge wie jede andere Singstimme, die man im Radio zu hören bekäme. Er nickte, und damit war für ihn das Thema beendet, doch dann stand Johanna so plötzlich und unbeherrscht vom Tisch auf, dass beinahe der Stuhl umgekippt wäre.

»Wie verschieden man doch im Grund ist, nicht?«

Mehr sagte sie nicht, wandte sich um, ohne eine Reaktion von ihm zuzulassen, und ging mit lauten Schritten die Treppe hinauf.

Er schenkte sich Wein nach, stellte sich vor die Terrassentür und blickte hinaus. Er beobachtete das helle Aufleuchten, das sich in kurzen, regelmäßigen Abständen wiederholte und den dunklen Garten für den Bruchteil einer Sekunde in eine gespenstisch beleuchtete Landschaft verwandelte. Es war so still im Haus, dass er das Rascheln der Blusen, Hosen und Röcke, die Johanna vor dem Wandspiegel oben im Schlafzimmer anprobierte, bis nach unten hören konnte. Er schüttelte den Kopf und dachte: Sie hätte das nicht sagen müssen. Er überlegte, ob es seine Schuld gewesen war, weil er ohne zu fragen das Radio abgestellt hatte. Und natürlich sind die Menschen verschieden, dachte er, nichts daran ist ungewöhnlich. Aber sie hätte es nicht sagen müssen.

Er setzte sich an den Küchentisch und ballte die Hand zur Faust, und als er kurz davor war, seiner Aggression Ausdruck zu verleihen, läutete Johannas Telefon. Erschrocken sprang er auf und folgte dem Klingelton. Er fand es auf der Kommode neben dem Fernseher. ›Nina ruft an‹, las er in weißer Schrift, die auf blauem Hintergrund blinkte, und ohne sich bewusst zu sein, dass eine Spiegelung seines Gesichts in der Glasscheibe der Vitrine zu sehen war, zog er eine schmerzhafte Grimasse in Richtung Telefon.

Es hörte bald auf zu klingeln, und als er sich umdrehte, um wieder zum Küchentisch zurückzukehren, stieß er fast mit Johanna zusammen. Er hatte sie nicht kommen gehört und wusste nicht, wie lange sie schon hinter ihm stand. Wenn sie bloß die Grimasse nicht gesehen hat, dachte er und steckte zum Zeichen der Unbekümmertheit die Hände in die Hosentaschen. Aber nein, sie kann es gar nicht gesehen haben, sagte er sich. Und falls sie doch schon unten am

Treppenabsatz gestanden war, so war sein Gesicht doch zumindest vom Körper abgeschirmt gewesen und sie konnte nur seinen Rücken gesehen haben.

»Hast du nicht abgehoben?« fragte sie.

»Es war für dich.«

»Hast du gesehen, wer es war?«

»Nina«, sagte er.

»Warum hast du nicht abgehoben?«

Er kehrte ihr den Rücken zu und ging zum Küchentisch. Sie folgte ihm langsam und blieb so lange hinter ihm, bis sie ihn dort hatte, wo sie ihn haben wollte:

»Was hast du bloß gegen sie?«

»Ich habe nichts gegen sie.«

»Ach, du hast nichts gegen sie?«

»Was sollte ich gegen sie haben?«

Hinter sich hörte er ein grimmiges Seufzen, danach Schritte, die sich wütend die Treppe hinauf bewegten. Auf der Hälfte des Weges nach oben hielt sie an und drehte sich zu ihm um.

»Weißt du, Paul«, sagte sie und schüttelte mitleidig den Kopf, »du machst es einem nicht gerade leicht.«

Nachdem er mehrere Minuten damit verbracht hatte, in Wohnzimmer und Küche auf und ab zu gehen, ohne einen Gedanken festmachen zu können, der ihn aufgemuntert oder zumindest eine handfeste Wut in ihm ausgelöst hätte, ging er bis zum Treppenabsatz nach oben und rief ins Schlafzimmer: »Ich gehe inzwischen nach vorne und sage Bescheid, dass wir wegfahren.« Dann schlüpfte er in die Schuhe, steckte Geldbörse, Telefon und Schlüssel ein und ging hinaus.

Das alte Haus lag Wand an Wand mit dem Anbau. Er traf Johannas Mutter vor der Eingangstür, im schwachen

Schein der Laterne, die den Weg vom äußeren Tor zu den getrennten Eingängen der beiden Häuser beleuchtete. Sie hatte Mantel und Schuhe an.

»Was hast du vor?« fragte er.

»Der Oleander gehört aufgebunden«, sagte sie.

»Bei dem Wetter? Es wird bald blitzen und donnern, hast du den Wetterbericht nicht gehört?«

Sie antwortete nicht, drängte sich an ihm vorbei und eilte die Wand entlang auf das große Tor zu. Er ließ sie ein paar Schritte gehen, da merkte er erst, dass sie wieder vergessen hatte, sich Hosen anzuziehen. Als sie direkt unter der Laterne stehenblieb, um nach den Schlüsseln zu suchen, schimmerten die dünnen weißen Beine unter dem dunklen Mantel hervor. Er ging zu ihr hin, legte einen Arm um ihre Schulter und sagte:

»Besser, du gehst jetzt wieder hinein.«

Sie wehrte sich heftig und versuchte, sich aus seinem Griff zu lösen, mit dem Resultat, dass am linken Ärmel eine Naht aufriss. Er fluchte innerlich und dachte: Das darf doch nicht wahr sein. Aber nein, es ist nicht allein meine Schuld, er muss schon schadhaft gewesen sein, bevor ich damit in Kontakt gekommen bin, er hätte niemals reißen können, wenn die Naht nicht schon von vornherein … so fest ist mein Griff auch nicht gewesen, das brauche ich mir weiß Gott nicht vorhalten zu lassen.

»Was hast du angerichtet!« rief sie.

»Beruhig dich, es kann niemand etwas dafür«, sagte er. »Wir bringen dich besser ins Haus, es wird bald ein Unwetter geben. Hörst du, jetzt hat es schon angefangen zu donnern.«

Er drängte sie durch die Tür in die viel zu warme Küche. Sie wehrte sich nicht mehr, zog Mantel und Schuhe aus. Er setzte sich zu ihr an den Küchentisch. Sie griff nach seiner Hand, er drückte sie. Als sie sich wenig später gänzlich beruhigt hatte, stand er auf und sagte:

»Ich gehe und schaue mal nach Wolfgang.«

Er ging zwei Zimmer weiter ins Wohzimmer und fand Johannas Bruder schlafend vor dem Fernseher. Der Ton war leise gestellt. Er ging zu ihm hin und rüttelte ihn wach. Unschlüssig, ob er sich das Recht herausnehmen sollte, einen Mann anzubrüllen, der immerhin vier Jahre älter war als er, entschied er sich letztlich dagegen und gab sich damit zufrieden, ihm missmutig in die Augen zu schauen.

»Mist, ich muss eingeschlafen sein«, sagte Wolfgang, indem er sich aufrichtete. »Ist etwas mit ihr?«

»Sie war schon wieder fast bei der Tür.«

»Verdammt, meine Schuld«, murmelte er und schlüpfte in die Hausschuhe. »Aber weil es hier drinnen auch immer so verdammt warm sein muss, dass man die Augen nicht offen halten kann. Ich muss mal pinkeln.«

Er ging aus dem Zimmer. Paul blieb zurück und blickte ihm nach. Er dachte: Wenn es doch wenigstens der eigene Bruder wäre, dann könnte man ihm ohne Gewissensbisse eine anständige Abreibung verpassen, aber so? Schließlich muss man noch froh sein, dass er sich Zeit nimmt, eine Pflegerin kostet wiederum Geld, und am Ende pennt sie den ganzen Abend vor dem Fernseher und sperrt die Alte im Bad ein. Er fragte sich, warum um alles in der Welt er sich das alles antat. Die Familie konnte es nicht sein, die ihn bei dieser Frau hielt. Aber es ist schließlich keine Freude, allein zu sein, und bis man sich wieder etwas Neues gefunden hätte, wer weiß, am Ende bliebe er vielleicht sein ganzes restliches Leben allein …

Als er kurze Zeit später die Eingangstür quietschen hörte,

ging er nach vorne in die Küche. Johanna hatte das marineblaue Kostüm angezogen. Wie schön sie sein kann, dachte er. Die Beine der Alten waren inzwischen von einem Paar grauer Stoffhosen bedeckt. Johanna stellte die Handtasche auf der Sitzbank ab und ging zu ihrer Mutter, die das Brotmesser zur Seite legte und sie umarmte. Als sie damit fertig war, streifte sie ihr die Bluse glatt und trat einen Schritt zurück, um sie mit stolzem Blick zu betrachten. Sie schien sich ein wenig zu wundern, was für ein großartiges Werk ihr mit diesem Stück Mensch gelungen war.

»Gibt es noch Butter bei euch?« fragte sie dann. »Ich wollte gerade das Abendessen richten, der Junge hat den ganzen Tag noch nichts –«

»Mutter, der Junge ist sechsunddreißig Jahre alt.«

»Aber das weiß ich doch, Kind«, sagte die Alte und legte ihr eine Hand auf die Wange. »Und, gehst du mir jetzt trotzdem etwas von eurer Butter holen?«

Paul bot sich an, an ihrer Stelle zu gehen. Er wusste, dass sie als Kind ihre beste Schulfreundin durch einen Blitz verloren hatte, dass sie dabei gewesen war, als es passierte. Er dachte: Da muss man sie bei diesem Wetter nicht unnötig nach draußen schicken. Er streckte ihr die Handfläche entgegen, um die Schlüssel zu bekommen. Die Alte lächelte. Er bekam die Schlüssel, und nachdem er die Eingangstür hinter sich geschlossen hatte, hörte er durch das gekippte Fenster die Alte sagen:

»Weißt du, Johanna, es macht mich glücklich, euch so zu sehen. Und wie froh ich bin, dass ich das alles noch miterleben darf. Mehr kann man sich von seinen Kindern wahrhaftig nicht wünschen.«

»Ja, Mutter.«

»Sag das nicht so, wenn ich es ernst meine«, brummte die

Alte. »Es gibt so viel Grausamkeit in der Welt, es ist kaum auszuhalten. Niemand schert sich um seine Mitmenschen, und wer dabei draufzahlt, sind immer die Kinder.«

»Du solltest nicht so viel Zeitung lesen, wenn es dich so mitnimmt«, sagte Johanna.

Er ging ins Haus und schloss die Tür hinter sich. Es donnerte wieder. Es war noch etwas Zeit, bevor sie losfahren mussten, und er schenkte sich Wein ein. In diesem Moment, ohne dass ein Geräusch es angekündigt hätte, gingen alle Lichter aus. Wenig später donnerte es wieder. Er stand mit dem halbvollen Glas in der Hand mitten im Zimmer. Der Blitz musste das nahe Umspannwerk getroffen haben; auch die Straßenbeleuchtung war ausgefallen. Aus der Seitentasche des Sakkos holte er das Telefon und klappte es auf, um sich mit Hilfe des bläulichen Lichts besser orientieren zu können und zumindest die Umrisse der Gegenstände, des Tisches, der Anrichte und des großen Kühlschranks in der Ecke zu erkennen. Wir haben keine Eile, ich werde warten, bis das Licht wieder angeht, dachte er. Er fand einen Stuhl, setzte sich aber nicht, sondern öffnete die Terrassentür und hörte auf die Geräusche, die von draußen hereindrangen. Plötzlich klingelte sein Telefon, und als er abhob und Johannas ängstliche Stimme hörte, klang sie, als befände sie sich in einem hohlen Raum.

»Wo bist du?« fragte er.

»In der Dusche, ich habe mich versteckt.«

»Du brauchst keine Angst zu haben, es ist bald vorbei.«

»Es ist Mutter, sie ist verwirrt«, erklärte sie. »Sie hat das Brotmesser in der Hand und stolpert durch die Küche, weil sie glaubt, zwei Einbrecher wären im Haus. Es ist so finster, ich kann fast überhaupt nichts sehen.«

»Gibt es keine Taschenlampe?« fragte er.

»Wolfgang sucht gerade danach.«

»Ich komme«, sagte er, und fügte hinzu: »Alles wird gut«, wobei er sich ungeheuer lächerlich vorkam. Als ob das irgendetwas zu bedeuten hätte, dachte er. Er flüsterte ihr noch mehr zu, um zu verhindern, dass sie in Panik geriet oder hyperventilierte. Und wie leicht ihm das alles von den Lippen ging. Sie muss mir leid tun, ermahnte er sich; es ist meine Pflicht, und ich werde weitermachen, bis es vorbei ist. Er hörte ihren Atem. Sie schien sich einigermaßen beruhigt zu haben, doch dann kam die Angst wieder zurück, sie hatte nun nicht mehr dieselbe Ursache, denn plötzlich fragte sie:

»Paul, wo bist du?«

Er antwortete nicht.

»Ist das Wind, bist du draußen im Garten? Wieso bist du ausgerechnet jetzt in der Dunkelheit hinaus in den Garten gegangen? Wolltest du gehen?«

Er antwortete nicht. Er dachte: Sie hört die Geräusche von draußen und glaubt, ich bin im Garten, wahrscheinlich hat sie ein schlechtes Gewissen und fürchtet, ich würde durch das hintere Zauntor verschwinden. Er trat noch einen Schritt näher an die Terrassentür.

»Da kommt Wolfgang, sagte sie erleichtert, und er konnte hören, wie sie das Telefon vom Ohr nahm und ihrem Bruder zuflüsterte: »Sei vorsichtig, sie hat das Messer in der Hand.«

Dann sagte sie eine Weile nichts mehr. Er stellte sich vor, wie sie in ihrem blauen Kostüm in der Duschkabine hockte, die Knie vor der Brust angewinkelt und mit dem Kopf wippend. Vielleicht betet sie sogar, dachte er. Eine große Erregung füllte ihn aus, als sich das Bild so deutlich vor seinen Augen abzeichnete. Im Hintergrund konnte er die

Geräusche der Alten hören. Sie sprach mit sich selbst, die Stimme war wild und unkontrolliert, einmal schrie sie kurz auf, dann blieb es still. Nach einer Weile fragte er:

»Ist es vorbei?«

»Ich glaube, ja«, antwortete sie.

Draußen raschelten die Blätter; der Wind war stärker geworden. Er hörte die Palmwedel vom Nachbargarten an der Außenmauer schaben. Das war es also, das sie gehört hatte, dachte er, und als ob seine Gedanken für sie hörbar gewesen wären, fragte sie wieder:

»Wolltest du gehen, Paul? Bist du deshalb in den Garten gegangen, weil du gehen wolltest?«

»Nein«, sagte er.

Sie fing lautlos zu weinen an.

»Sind wir glücklich?« fragte sie.

»Hm?« sagte er.

»Paul, sind wir glücklich?«

»Ja, wir sind glücklich«, sagte er.

Wenig später, nachdem die Lichter wieder angegangen waren, legte er auf. Als er bald darauf mit der Butter in der Hand im alten Haus ankam, saßen alle drei am Küchentisch und sahen aus, als hätten sie gelacht. Johanna stand auf und eilte ihm entgegen.

»Wenn es dir lieber ist, müssen wir nicht fahren.«

»Ich habe nichts gegen Nina«, sagte er.

»Ist gut, ist gut«, sagte sie, und nahm seine Hand.

Ein stilles Abkommen

Die Wohnungstür stand offen; ich trat ein und traf meine Schwester Maria auf dem Boden hockend vor der Schuhablage. Sie trug einen weiten Rock, die Beine waren gespreizt, und ich konnte einen Teil ihres riesigen Slips erkennen. Ich wandte den Blick ab, schnell, aber nicht schnell genug. Wir hatten einander vier Jahre nicht gesehen, und es missfiel mir, dass das erste Bild, das ich von nun an mit meiner Schwester verbinden würde, das ihrer schwarz-weiß gepunkteten Unterhose sein sollte.

»Da bist du ja«, sagte sie, während sie sich unter lautem Stöhnen aufrichtete. Sie sagte, sie habe am Fenster gestanden und beobachtet, wie ich aus dem Bus gestiegen und über die Brücke gegangen sei. Genau wie früher, fügte sie hinzu und legte mir eine Hand auf die Schulter. Sie war noch dicker geworden. Ich zog die Schuhe aus und stellte sie auf die Ablage. Sie fragte, ob ich Hausschuhe bräuchte, sie habe unter der Schuhablage welche gefunden. Ich sagte nein, und wir gingen in die Küche. Eine große Woge Vergangenheit raste durch mich hindurch. Ich fühlte mich nicht besonders wohl.

»Ist sie nicht da?« fragte ich.

»Hast du ihr gesagt, warum wir kommen wollten?«

»Nein, von mir weiß sie es nicht«, antwortete ich.

Sie seufzte, stand auf und fragte, ob ich Kaffee wolle. Es überraschte mich, wie ungezwungen sie sich hier bewegte;

alles roch nach Mutter. Sie fragte, ob ich Milch nähme. Ich nickte. Sie füllte die Milch in eine kleine Kanne, holte Tassen aus dem Regal über der Brotbüchse und lud alles auf ein Tablett, obwohl der Tisch keine vier Schritt entfernt stand. Ich war erstaunt, wie wenig sich verändert hatte.

»Rauchst du noch?« fragte Maria.

»Ja«, sagte ich.

»Na, um den Aschenbecher musst du dich aber selbst kümmern«, sagte sie mit einem fürsorglichen Lächeln. Ich ging ins Wohnzimmer, fand jedoch keinen, nur eine alte, verdreckte Kaffeetasse, in der einige Zigarettenstummel schwammen. Ich dachte: Wenn ich die auf den Tisch stelle, wird sie vor Ekel aufspringen und quieken. Ich lächelte wohl. Aus der Manteltasche holte ich die Zigarettenpackung, dann ging ich in die Küche.

»Worüber lachst du?« fragte sie.

»Lache ich?« sagte ich und dachte bei mir: Du wirst schon sehen. Ich stellte den behelfsmäßigen Aschenbecher neben mich auf den Tisch. Sie sah ihn nicht gleich, ich hatte ihn mit dem Ellbogen verdeckt, aber als ich ihn ein Stück in die Tischmitte rückte, stieß sie erschrocken mit dem Stuhl zurück und rief:

»Wie ekelhaft, tu das weg, Jürgen!«

»Hast du nicht deshalb gewollt, dass ich auch komme?« fragte ich provozierend. »Du sagtest, ich wäre ihr schon immer ähnlicher gewesen, auf mich würde sie hören. Hast du nicht genau das damit gemeint?«

Sie machte eine verächtliche Geste und stand auf, nahm die Aschenbecher-Tasse und spülte den Inhalt im Klo hinunter. Als sie zurückkehrte, setzte sie sich mit einem ernsten Gesichtsausdruck an den Tisch. Sie meinte, Mutter müsse Wind davon bekommen haben, weshalb wir hier seien, bestimmt sei sie deshalb ausgegangen. Und das sei ja nur verständlich, wenn sie nicht von den eigenen Kindern mit der Wahrheit konfrontiert werden wolle. Aber sie werde hier warten, bis sie zurückkehre, Tage und Wochen, wenn es sein müsse. Und wenn auch mir daran gelegen sei, dass die entsetzlichen Bilder und Videos dieser neunundfünfzigjährigen Frau, die ganz nebenbei bemerkt auch meine Mutter sei, von den Computerbildschirmen verschwänden, würde ich besser auch warten.

»Du hast nicht gesehen, was sie mit sich anstellt«, sagte sie mit Tränen in den Augen. »Glaub mir, das willst du erst gar nicht sehen. Auch ich wollte es nicht sehen, aber da war es schon zu spät.«

Sie weinte jetzt hemmungslos. Alles an ihr schwabbelte, und es fiel mir nicht schwer, mir vorzustellen, wie sie in dreißig Jahren aussehen würde, und wie umgekehrt Mutter aussah, wenn sie vor der Videokamera ihre Nummern schob. Wie ähnlich sie ihr sieht, dachte ich, das muss es noch schwerer für sie machen. Nachdem sie bei mir angerufen hatte, um mir davon zu berichten und gleichzeitig ein Treffen zu vereinbaren, hatte ich Stunden damit verbracht, das Internet nach Spuren von Mutter zu durchforsten. Aber wie sollte ich bei dem unermesslichen Angebot an ›reifen Vollschlanken‹ und ›geilen Omas‹ ausgerechnet auf sie stoßen? Und jetzt erst kam mir ein Gedanke, der mich gelinde gesagt aus der Fassung brachte: Wie hatte meine Schwester davon erfahren?

Ich kam nicht dazu, darüber zu spekulieren, denn plötzlich sprang Maria vom Tisch auf, wischte sich mit dem Blusenärmel den zerronnenen Lidschatten ab und eilte mit stampfenden Schritten auf ihr altes Kinderzimmer zu. Ich folgte ihr. Sie war wütend, und als sie die Zimmertür abgeschlossen vorfand, zögerte sie nicht, sich mit ihrer breiten Schulter dagegenzuwerfen. Sie war ja recht kräftig, aber so kräftig auch wieder nicht, die Tür bewegte sich keinen Zentimeter.

»Da drinnen macht sie's!« rief sie und trommelte mit den Fäusten gegen die Tür. »Es gibt sonst nirgendwo einen Computer oder eine Kamera, und wo ist das ganze Zeug, ihre Hilfsmittel?« Sie schlug die Hände vors Gesicht. »Ist es das Geld? Sie muss wissen, dass ich ihr Geld geben würde, wenn sie welches braucht. Warum ruft sie nicht an und sagt es, anstatt … anstatt so etwas mit sich anzustellen. Sie muss wissen –«

»Ach, muss sie es wissen?« sagte ich.

»Sei vorsichtig, was du sagst, Jürgen!« rief sie drohend. Sie kam mir viel zu nahe; ich spürte sogar ihren Atem im Gesicht. Ich wandte mich von ihr ab, ging zurück in die Küche, trank den Kaffee aus und rauchte. Es muss schlimm für sie sein, dass ausgerechnet ihr altes Kinderzimmer dafür herhalten muss, dachte ich. Ich versuchte mir vorzustellen, wie es dort drinnen jetzt aussehen mochte. Sie hatte wohl eine Art Arbeitszimmer daraus gemacht, mit Jalousien und einem Diwan. Im Wohnzimmer hörte ich Maria herumkramen; das Quietschen von Laden, dazu das laute Stöhnen und Schnaufen, wenn sie sich hinunterbeugte. Wonach suchte sie? Ich ging nicht, um ihr zu helfen. Ich rauchte noch eine Zigarette und suchte nach Zeitungen, um die Langeweile zu vertreiben. Wenig später kam sie wieder.

»Hast du gefunden, wonach du suchst?« sagte ich, und ich muss zugeben, dass es spöttischer ausfiel, als ich geplant hatte. Sie antwortete nicht, sondern ging zur Anrichte, um sich Kaffee nachzuschenken. Sie setzte sich neben mich, nicht gegenüber, wie vorhin, sondern direkt neben mich.

Ich fühlte mich beengt. Ihr Körper nahm einen großen Teil meines Platzes in Anspruch, sie merkte es und fragte, ob ich mich von ihr bedrängt fühle. Ich sagte nein, um mich nicht geschlagen zu geben. Aber auch wenn ich zugegeben hätte, dass sie mich einengte, wäre sie nicht zur Seite gerückt. Es war ein stiller Kampf, aus dem sie letzten Endes als Sieger hervorging: ich musste aufstehen und ins Wohnzimmer gehen. Ich hatte mich auf einmal so eingeschlossen gefühlt, dass ich Probleme hatte, zu atmen. Es war ein hässliches Gefühl, das ich lang nicht mehr verspürt hatte, aber ich wusste nur zu gut, woher es kam: Es stammte aus der Zeit, da sie sich als Kind, wenn wir Streit hatten, immer auf mich gesetzt hatte, mit den Knien auf meinem Brustkorb, bis ich zu röcheln anfing.

Von der Freundlichkeit, mit der sie mich empfangen hatte, war nicht mehr viel übrig. Sie war der Meinung, dass ich mit unbegründeten Unterstellungen operierte. Ich würde nicht mehr lange bleiben.

Eine Weile wanderte ich im Wohnzimmer auf und ab, um mich zu sammeln. Dann ging ich zurück in die Küche, sie saß noch immer so, wie ich sie verlassen hatte, und stürzte mich verbal auf sie. Ich warf ihr vor, dass sie sich bloß deshalb für Mutters Machenschaften interessiere, weil sie fürchtete, sie könnten früher oder später auf sie zurückfallen – sie war eine äußerst ehrgeizige Person und auf dem besten Weg, Richterin zu werden. Und obwohl mir bewusst war, wie lächerlich es war, sprach ich also von dem schlechten Licht, das ihr Elternhaus ihrer Meinung nach auf sie werfe, und dass kein Gut und Böse, kein Besser und Schlechter existiere, worauf sie sich aber ständig berufe, ich ging sogar so weit, ihr Körpergewicht ins Spiel zu bringen, und am Ende sagte ich etwas, das ich augenblicklich bereute, weil es zu gemein war, und wenn ich auch, während ich es sagte, wusste, dass ich es nicht sagen sollte, konnte ich mich nicht zurückhalten: dass ich für die Menschheit hoffe, sie werde es nie bis auf den Richterstuhl schaffen, weil die Welt, die sie in sich trage, nichts mit der Wirklichkeit zu tun habe und ihre beschränkten Schwarz-Weiß-Vorstellungen bestenfalls ihrer Unterwäsche genügten.

»Bist du fertig?« sagte sie.

»Ja, und ich werde kein Wort davon zurücknehmen.«

»Na, es wäre ja auch zu dumm, sich so kindisch aufzuführen, und sich dann noch dafür zu entschuldigen.«

Darauf entgegnete ich nichts, nahm den Aschenbecher und ging ins Wohnzimmer. Auf dem Weg dorthin wandte ich mich um und sah, was zu sehen ich gehofft hatte: wie sie einen kritischen Blick an sich hinunter warf, um zu überprüfen, ob durch den dünnen Stoff des Rocks das Muster ihrer Unterhose zu erspähen war, und ihr ratloser Blick stimmte mich mutig.

Ich war zwar aufgewühlt, aber nachdem ich fertig geraucht hatte, richtete ich mir auf dem Sofa eine kleine Schlafstätte, um auszuruhen. Es kam zu keinem richtigen Schlaf, nur zu einer Art Dösen, das die Gedanken launisch hin und her warf. Und da tauchte erneut die Frage vor mir auf: Wie hatte meine Schwester davon erfahren? War sie selbst darüber gestolpert? Hatte sie womöglich Neigungen, die ihrer äußeren Haltung widersprachen? Das war unwahrscheinlich. Doch was an dieser ungelösten Sache weitaus mehr Reiz auf mich ausübte war die Tatsache, dass sie wissen musste, dass ich mir Fragen stellte, da sie ja von sich aus nichts gesagt hatte – diese Ungewissheit lag zwischen uns, und dort beließ ich sie, ich hatte sozusagen einen Trumpf im Ärmel.

Plötzlich senkte sich ein Schatten über mein Gesicht, der mich hochfahren ließ. Maria hatte sich über mich gebeugt. Ich war verblüfft, wie viel unverarbeitete Erinnerung an diesem Tag in mir zum Leben erwachte, denn ich sprang auf und machte Anstalten, vor ihr davonzulaufen.

»Entschuldige, habe ich dich so erschreckt?« sagte sie.

»Nein, ich habe nur … es war nicht deine Schuld, ich muss etwas geträumt haben.«

Ich war überrascht, wie zuvorkommend sie sich verhielt. Nach dem, was ich zu ihr gesagt hatte, hätte ich nicht erwartet, sie so einfühlsam zu erleben. Ich selbst wollte ihr nicht gestehen, dass ich befürchtet hatte, sie würde sich auf mich setzen. Doch dann fiel mir ein, dass sich ja unsere Beziehung gerade dadurch auszeichnete: Konflikte totzuschweigen und nach Verstreichen einer angemessenen Zeitspanne so zu tun, als sei nichts gewesen.

»Weißt du, ich habe mir gedacht, dass es ja unsinnig ist, gemeinsam hier zu warten«, sagte sie und setzte sich neben mich. »Wer weiß, wann sie zurückkommt. Und um ehrlich zu sein, würde ich gern zuerst allein mit ihr reden.«

»Wie du meinst.«

Sie nickte, legte mir eine Hand auf die Schulter und ging in die Küche. Ich rauchte eine Zigarette, dann schlüpfte ich in die Schuhe und zog die leichte Jacke an. Sie kam, um mich hinauszulassen. Ich sah ein aufgeschlagenes Rätselheft auf dem Küchentisch, daneben eine Tasse Kaffee und ein Butterbrot. Sie merkte, dass ich das Brot entdeckt hatte und fragte, ob ich auch noch etwas essen wolle, bevor ich mich auf den Weg mache. Ich schüttelte den Kopf. Sie war zwar unerwartet freundlich zu mir, dennoch wurde ich das Gefühl nicht los, dass sie etwas im Schilde führte oder sich zumindest eine Retourkutsche zurechtgelegt hatte. Ich täuschte mich nicht, denn als sie die Tür öffnete, um mich zu verabschieden, sagte sie etwas, das mir recht zusammenhanglos vorkam und das sie bloß deshalb äußerte, wie ich vermutete, um mir zu zeigen, dass sie es nicht notwendig habe, ausfällig zu werden, um jemanden zu verletzen, und mir etwas von sich mitzugeben, an dem ich zu kauen hätte.

»Ich werde mich bei dir melden«, sagte sie also. »Und Mutter hätte bestimmt auch nichts dagegen, dich einmal wiederzusehen. Aber am besten rufst du vorher an, damit sie auch zuhause ist, wenn du auftauchst.« Und mit seltsamer, gleichsam höhnischer Stimme setzte sie hinzu: »Du hast ja deine Schlüssel schon vor längerer Zeit verloren, nicht wahr, Jürgen?«

♦

Seit einiger Zeit bemühe ich mich, die Tochter des Besitzers meines Stammlokals herumzukriegen. Das bedeutet, dass ich oft bis spätabends in der Gaststätte an der gegenüberliegenden Straßenecke sitze und trinke. Nicht viel, zwei, höchstens drei Bier pro Besuch; sie ist dort Kellnerin und mindestens jeden zweiten Tag anzutreffen.

Wenn ich sie sehe, bin ich einerseits verklemmt, weil ihr Anblick einem buchstäblich den Atem raubt. Andererseits gelingt es mir, in ihrer Gegenwart einen gewissen Charme zu entwickeln, den man mir von Natur aus nicht zugestehen würde. Dann fühle ich mich frei, alles zu sagen, wonach mir der Sinn steht – nun, nicht gerade alles, aber doch vieles, denn sie ist ein offenherziger Mensch mit gutem Humor. Dort sitze ich zwischen anderen Männern, die ich nicht kenne, aber inzwischen zu akzeptieren gelernt habe, die meisten älter als ich, mit Ehefrauen, Kindern und Enkelkindern, geilen Böcken, die mir die Aussicht versperren.

Ich sagte, dass ich in der Regel nicht mehr als drei Bier pro Abend bestelle. Aber noch am selben Tag, als ich in Mutters Wohnung mit meiner Schwester aneinander geraten war, beschloss ich, weil ich fand, dass ich jedes Recht dazu hatte, mich vorsätzlich volllaufen zu lassen. Ich fing früh an, früher als gewöhnlich, und war bald fix und fertig. Ich ließ mir sogar Whisky geben, was ich nicht oft tue. Es mochte kaum elf oder zwölf gewesen sein, als ich in die Dunkelheit der Straße hinaustorkelte und aus bloßem Übermut entschied, noch nicht nach Hause zu gehen. Die Nacht ist jung, lallte ich vor mich hin, und so ging und ging ich, nicht unbedingt planlos, aber doch ohne bestimmtes Ziel – ich geniere mich nicht, zuzugeben, dass ich ein wenig orientierungslos und chaotisch durch die Gegenwart stolpere. Es ist nicht leicht, sich auf dieser endlosen Bühne zurechtzufinden.

Ich erinnere mich an nichts. Das eine oder andere Ereignis musste mich jedenfalls ereilt haben, denn als ich am nächsten Morgen von den ersten zaghaften Sonnenstrahlen geweckt wurde, fand ich mich splitterfasernackt unter einer Parkbank liegend. Ja, es gibt viele Witzbolde auf der Welt.

Nicht, dass ich allzu viel Erfahrung mit dem Verlust existenzieller Dinge aufzuweisen hatte. Aber es war längst nicht das erste Mal, dass ich Ausweis, Schlüssel oder Telefon verlor, selten alles auf einmal. Und so wusste ich immerhin, wohin ich gehen musste, um einen vorläufigen Unterschlupf und vor allem Kleidung zu finden: Mein alter Freund Kessler wohnte in der Nähe.

Ich ging schnell, doch nicht zu schnell, und ich hütete mich davor, zu laufen. Ein nackter Mensch in der Öffentlichkeit ruft zwangsläufig Ärger hervor, und man hätte mir womöglich selbstdarstellerische Absichten zugeschrieben. Nun, Kessler wohnte wohl ganz in der Nähe, aber nicht nah genug: mein Anblick verstörte die Mitbürger auf den geschäftigen Straßen, es mochte sechs, halb sieben Uhr morgens gewesen sein, ich hörte ein empörtes »Nudistenschwein« und ein »Zurück ins Paradies, Adam!«

Kessler öffnete die Tür, er sah nicht viel frischer aus als ich selbst, es hatte eine ganze Weile gedauert, bis er geöffnet hatte, und als er mich sah, ging das Lachen mit ihm durch und er musste sich am Türstock festklammern, um nicht umzukippen. »Was ist los, Mann, ist es um diese Zeit schon so warm?« lallte er, es war kein besonders geistreicher Witz, das sah er bald ein und machte Platz, damit ich eintreten konnte. Ich verlangte nach T-Shirt und Hose. Er ging, um die Sachen zu holen; er war sehr wackelig auf den Beinen, der Zustand seines Wohnzimmers verriet, dass es noch nicht lang her war, dass er zu Bett gegangen war. Während ich mich anzog, torkelte er in die Küche, um zwei Flaschen Bier zu holen. Er schob die leeren Weinflaschen zur Seite, die über den Tisch verteilt waren, damit wir Platz für unsere Beine bekamen. »Man lebt nur einmal«, sagte er, »Prost.«

Es traf sich gut, dass er gerade eine Woche frei hatte – er hatte seit etwa einem Jahr einen Posten im Magistrat, den sein Vater ihm beschafft hatte, etwas, das ihm wenig Freude bereitete, aber irgendwie muss man sich schließlich beschäftigen, um sich am Leben zu halten –, deshalb schlug er vor, ich solle für den Rest der Woche bei ihm einziehen. Seine Wohnung ist sehr geräumig, ich bekam sogar ein eigenes Zimmer mit aufblasbarem Bett. Er fand, ein so spektakuläres Wiedersehen gehöre gefeiert, und da ich gegen Feierlichkeiten nichts einzuwenden habe, willigte ich ein. Wir tranken bis zum Abend. Und am nächsten Tag, und so fort. Sein Onkel war

Weinbauer, er hatte seinen Keller in ein Lager umwandeln lassen, eine unerschöpfliche Quelle. Ja, es war eine schöne Zeit der Freiheit und Sorglosigkeit, ich hätte nichts dagegen gehabt, sie noch ein wenig hinauszuzögern. Aber irgendwann heißt es, seinen Ängsten und Nöten, das heißt dem täglichen Leben, die Stirn zu bieten. Also verließ ich ihn Sonntagnachmittag, um meine Schwester zu besuchen.

Sie öffnete nur einen Spalt, und sie wirkte, als habe sie jemand anderen erwartet, oder eher gefürchtet. Dann schob sie den Riegel zur Seite, um mich hineinzulassen. Sie fragte, ob das Haustor unten wieder offen gestanden habe. Ich erklärte, dass zufällig gerade jemand aufgesperrt habe, da sei ich gleich hinauf gegangen, ich hätte gedacht, es würde sie nicht stören.

»Nein, du störst nicht«, sagte sie auffallend schnell. Wir gingen in die Garderobe, dort hielt sie an und schob mir ein Paar Filzpantoffeln vor die Füße. Ich tat ihr den Gefallen und schlüpfte hinein, obwohl sie viel zu klein waren.

»Du hättest anrufen können«, sagte sie.

Ich erklärte ihr, weshalb ich nicht hatte anrufen können. Ich ging nicht in die Details. Sie kannte mich gut genug, um zu wissen, dass mir dann und wann der rote Faden des Alltags abhanden kam.

»Hast du Durst, möchtest du etwas trinken?«

»Mineralwasser«, sagte ich.

»Kalt oder warm?«

»Warm, bitte.«

Wir gingen in die Küche.

»Ich würde dir ja Kaffee anbieten, aber mir ist die Milch ausgegangen«, sagte sie.

»Danke, ich bin zufrieden.«

Wir setzten uns. Ich wunderte mich über die vielen Krümel, die über die gesamte Tischplatte verteilt waren. Seit ich sie kannte, und das war ja schon eine ganze Weile, war sie immer sehr auf Sauberkeit bedacht gewesen. Irgendwas stimmt nicht, dachte ich. Das Schweigen fing an, mich unruhig zu stimmen, und ich wollte gerade etwas sagen, um die Atmosphäre aufzulockern – nach der ausgelassenen Woche bei Kessler wollte ich mir nicht meine gute Laune verderben lassen –, doch sie kam mir zuvor.

»So, deshalb habe ich dich also nicht erreicht. Ich habe mindestens fünf Mal bei dir angerufen.«

»Ja, es war eine seltsame Geschichte«, sagte ich, und um ihr etwas zu geben, woran sie sich festhalten konnte, erzählte ich ihr die Einzelheiten. Sie lächelte wohl und seufzte ein wenig herablassend, um mir zu verdeutlichen, was für ein unerwachsener Bengel ich doch sei, der sein Leben nicht auf die Reihe bekam – etwas, das sie früher mit großem Stolz getan hatte, um mir im Anschluss Ratschläge zu erteilen und sich selbst als solide, welterfahrene Dame darzustellen. Aber sie lachte nur kurz, erhob sich plötzlich und sagte:

»Möchtest du nicht doch eine Tasse Kaffee? Na, aber sicher möchtest du … es macht dir doch nichts aus, dass ich keine Milch habe, du hast früher deinen Kaffee auch immer schwarz getrunken.«

Ich konnte nicht nein sagen. Aber ich erklärte, dass ich vorher noch ihre Toilette benutzen müsse, und sie meinte, ich wisse ja, wo ich sie fände.

Auf dem Rückweg, als mein Blick ins Schlafzimmer fiel, entdeckte ich drei große Umzugskartons vor dem Fenster, daneben zwei Koffer und eine Reisetasche. Und als mir dann noch einfiel, dass ja Sonntag war, dachte ich unvermittelt: Wo sind ihr Mann und die achtjährige Tochter? Alles zusammen ergab ein Bild, das mich dazu verleitete, als ich in die Küche zurückkehrte, sie zu fragen, ob sie Probleme habe. Ihre Reaktion war, dass ihr die Kaffeetasse aus der Hand fiel. Sie hatte sie noch nicht gefüllt, sie hatte sie eben erst aus dem Regal genommen, aber sie landete auf dem Boden und zerbrach, und die Scherben verteilten sich vor unseren Füßen. Sie kniete sich wortlos hin. Ich kniete mich neben sie, um ihr zu helfen. »Ich werde verreisen«, sagte sie, während sie die großen Scherben zwischen zwei Finger nahm und ein letztes Mal betrachtete, bevor sie sie endgültig wegwerfen würde. Wie es aussah, konnte sie sich nur schweren Herzens davon trennen. Sie merkte, dass ich wusste, dass sie nicht verreisen würde. Aber sie merkte auch, dass ich nichts sagen würde, es war ein stilles, stillschweigendes Abkommen. Ich dachte: Was in einer Woche alles geschehen kann.

»Sie ist um halb zehn am Abend gekommen, als du schon lange weg warst«, erklärte sie. »Sie ist vollkommen ausgerastet. Ich habe ihr Vorwürfe gemacht, und es ist wohl wahr, dass ich nicht allzu freundlich mit ihr war. Ich habe gesagt, sie muss damit aufhören, sie ruiniert sich ja, und ob sie überhaupt kein Schamgefühl hat, in diesem Alter. Das war ein dummes Argument. Ich kam mir auf einmal so lächerlich vor, der eigenen Mutter eine Predigt zu halten.«

Sie machte eine Pause. Ich fürchtete, sie würde zu weinen anfangen, das wäre zu viel gewesen. Aber sie weinte nicht. Sie schwitzte, obwohl es nicht besonders heiß in der Wohnung war.

»Sie hat mir verboten wiederzukommen«, sagte sie. »Sie meint, unsere Welten wären zu verschieden, und dass ich erst wiederkommen soll, wenn ich eingesehen habe, dass mein Leben nicht richtiger ist als ihres. Sogar den Schlüssel hat sie mir weggenommen.«

Darauf hätte ich gerne etwas gesagt, um mich für die Äußerung zu revanchieren, die sie mir vor einer Woche auf den Nachhauseweg mitgegeben hatte. Aber ich sagte es nicht. Stattdessen spielte ich mit dem Gedanken, sie zu umarmen, was ich schließlich auch tat, und im Gegenzug legte sie ihren Kopf auf meine Schulter.

Vor ihren Füßen lagen noch immer ein paar Scherben. Sie holte Besen und Schaufel und machte sauber; ich schenkte den Kaffee in eine neue Tasse und setzte mich an den Tisch. Wenig später setzte sie sich zu mir. Ich muss zugeben, dass mich ihre Verzweiflung berührte. Sie sagte, sie könne nicht begreifen, dass jemand Spaß daran fände, sich selbst öffentlich so darzustellen. Dann fragte sie, ob ich je von diesem bekannten Kriminologen gehört habe, der hin und wieder im Fernsehen auftrete, von ihm habe sie ein Zitat, nein, nicht direkt von ihm, sondern er habe wiederholt einen berühmten Schriftsteller zitiert, dessen Name ihr entfallen sei, jedenfalls heiße es da, dass es Menschen gebe, die in Erfahrungswelten leben, die andere nicht betreten können. Und dass sie sich jetzt vorstellen könne, was damit gemeint sei. Ich war kurz davor, ihr meine Hand auf den Unterarm zu legen. Aber dann dachte ich: sie hätte nicht von diesem Kriminologen sprechen müssen, sie hätte den Schriftsteller auch direkt zitieren können, ohne ihrer Äußerung einen dunklen Beigeschmack zu geben. Und zog die Hand wieder zurück.

Sonntagsruhe

Sie hatten den großen Tisch aufgestellt, unter der Platane, daneben zwei kleinere Tische, damit alle Platz bekamen, auch die Unerwünschten, denn nachsagen zu lassen brauchten sie sich nichts, das war die Hauptsache.

Die Tafel nahm die gesamte Breite des Gartens in Anspruch. Ich fragte mich, wie sie zu dem vielen Geschirr gekommen waren, mehr als dreißig identische Teller, wahrscheinlich hatten sie alles eigens für die Feier gekauft.

Sie hatten mich auf den Klappstuhl gesetzt, ganz außen neben die Kinder. Ich hatte nicht erwartet, Aufnahme zu finden in ihrer Mitte. Sie dachten wohl, das Übel ließe sich so möglichst gering halten, inmitten der unschuldigen, gutgläubigen Kindheit. Ich hatte jedoch nichts Böses im Sinn. Meine wilden Jahre sind vorbei, ich habe nicht mehr die Kraft, im großen Stil meine Possen zu reißen, und jeder ist seines Unglücks Schmied, oder seines Glücks, es heißt doch wohl: seines Glücks.

Meine Schwester saß auf der anderen Seite der Tafel, daneben ihr Mann und meine Nichte Verena, die mich vom Bahnhof abgeholt hatte. Ich kannte fast niemanden. Ich ging davon aus, dass dasselbe umgekehrt galt: die Familie hat noch nie freiwillig von mir gesprochen. Mein zwanzigjähriger Neffe kümmerte sich um den Grill, er war Koch von Beruf, soviel wusste ich immerhin, und er fand sichtlich Gefallen daran, Herr allen Fleisches zu sein.

Als das Essen auf dem Tisch stand, erhob sich meine Schwester und hielt eine Rede. Sie bedankte sich, dass so viele gekommen waren, manche hätten eine weite Reise auf sich genommen, und mit wehmütiger Stimme bedauerte sie, dass immer erst jemand unter die Erde gelassen werden müsse, bevor die Familie zusammenfinde. Schließlich verlor sie noch einige Worte über unsere Mutter: was für ein Leben sie gelebt und welche Pläne sie gehabt habe, und dass es nicht immer leicht für sie gewesen sei, auch sie habe ihr Bündel zu tragen gehabt. Es war eine Anspielung auf mich. Am Ende entschlüpften ihr noch einige Tränen, ihre Stimme verlangsamte sich, dann wünschte sie einen guten Appetit, es sei reichlich vorhanden, und ließ sich auf ihren Stuhl sinken.

Während des Essens gerieten meine Gedanken in schwermütige Bahnen; sie betrafen mein unbedeutendes Leben und die große Welt, und wenig später auch meine Mutter. Es musste mindestens sechs Jahre her gewesen sein, dass ich sie das letzte Mal lebend gesehen hatte. Und dann ging mir auf, dass ich nicht wusste, wie sie gestorben war. Meine Schwester hatte nichts erzählt. Es war vielleicht nicht wichtig, nicht allzu wichtig, es machte sie nicht weniger tot, aber ich war der Meinung, dass mir das Recht zustand zu erfahren, welches Erbe sie mir hinterlassen hatte – ich meine das körperliche, das finanzielle war der Rede nicht wert. Es gibt so viele hässliche Krankheiten, die unsere Mütter und Väter in sich herumtragen. Ich wandte mich an eines der Kinder, um zu fragen. Ich setzte mein jugendfreies Gesicht auf. Es zeigte keine Wirkung, das Mädchen antwortete nicht. Es war nicht zu übersehen, dass sie ein wenig Angst vor mir hatte, das war nicht überraschend, sie war mit dem Anblick der Verwahrlosung nicht vertraut. Sie hatten mich in einen Anzug gesteckt, das ist wahr, der Zufall wollte, dass ich hineinpasste, aber auch die feinsten Hüllen vermögen über einen gewissen grundlegenden Lebensstil nicht hinwegzutäuschen. Um ihr Vertrauen zu gewinnen, fragte ich, wie sie hieß. Man muss die kleinen Mädchen immer nach ihrem Namen fragen, damit sie einem antworten.

Sie sagte: »Martina.«

»Nein, was für ein schöner Name«, sagte ich, und fragte abermals nach Mutter. Ich sagte wohl Oma oder Tante, damit sie es verstand. Ich fragte, ob ihr Wörter wie Herzinfarkt, Schlaganfall oder sogar Krebs zu Ohren gekommen seien, in diesem Zusammenhang. Sie war gut im Training, was die Ausweichmanöver der Erwachsenen anging: Sie setzte sich ihr Glas mit Fruchtsaft an die Lippen, um nicht antworten zu müssen.

Insgesamt war an diesem Totenmahl nicht viel zu bemängeln. Es war der Überfluss in seiner reinsten Form. Mein Neffe, dessen Name mir nicht einfallen will – sofern ich ihn jemals kannte –, er drehte seine Runden mit einem Silbertablett, von dem ich mich nach Belieben bediente.

Gegen sieben Uhr waren die Gäste gegangen. Ich hatte mir einen Liegestuhl geholt und beobachtete die Wolken, die sich hinter den Hausdächern zu großen Türmen zusammenzogen, und irgendwann kam meine Schwester mit einem zweiten Liegestuhl und setzte sich neben mich.

»Wie's aussieht, sind wir noch einmal davongekommen«, sagte sie und deutete über die Hecke in den Himmel. »Bei Schlechtwetter hätten wir ein Problem gehabt.«

»Dafür gibt es Gasthäuser.«

»Das ist richtig«, sagte sie. »Aber das ist nicht dasselbe.«

Danach blieb es eine Weile sehr still zwischen uns. Ich beobachtete, wie die Sonne von einer dunklen Wolke verdeckt wurde. Es sah nach Regen aus, in den letzten Tagen hatte es heftige Unwetter gegeben, und der Mann meiner Schwester fing an, die Gartenmöbel in den Keller zu räumen. Ich stand auf und fragte mit all der Höflichkeit, die sich noch in mir gehalten hat, ob er Hilfe benötigte. Er schüttelte den Kopf und meinte, ich solle nur sitzen bleiben. Er unterdrückte ausnahmsweise einen Kommentar, wahrscheinlich aus Rücksicht auf den Anlass, ich hätte zumindest erwartet, dass er mich fragte, seit wann ich mich unter das arbeitende Volk zu mischen pflegte. Neben mir hörte ich meine Schwester atmen. Sie hatte immer Probleme mit den Atemwegen gehabt, ihr linkes Nasenloch pfiff bei jedem Einatmen, ich erinnere mich, dass ich als kleiner Junge immer große Freude daran gefunden hatte, ihr vor versammelter Menge die Nase zuzuhalten.

»Ich habe das übrigens ernst gemeint«, sagte sie plötzlich und legte mir eine Hand auf den Unterarm. »Es freut mich, dass du auch da bist.«

»Ach ja?« sagte ich.

»Aber natürlich«, sagte sie friedvoll.

Ich knöpfte mir das Hemd auf. Die Krawatte nahm ich ebenfalls ab, da ich schon dabei war, und kurz darauf kam mir der Gedanke, dass ich mich gleich ganz umziehen könnte. Ich fragte meine Schwester, ob das Gästezimmer zugänglich sei – ich sagte tatsächlich ›zugänglich‹, um sie zu ärgern, doch das überhörte sie und meinte, ich solle mich ruhig umziehen gehen, mein Zeug befinde sich in einem Plastiksack auf dem Bügelbrett. Ich erkundigte mich, wo ich den Anzug ihres Mannes deponieren sollte.

»Wirf ihn zu den anderen Sachen in die Wäsche«, sagte sie. »Verenas Kleid liegt auch drin, wirf ihn einfach dazu, wir müssen sowieso alles in die Reinigung bringen.« Ich nickte, und nach einer Pause sagte sie: »Du kannst auch duschen gehen, wenn du willst. Das heißt, sofern das Bad frei ist.«

Ich machte Anstalten zu gehen, da sprang sie auf und folgte mir; sie fiel fast aus ihrem Liegestuhl, so schnell war sie aufgestanden.

»Warte, ich begleite dich, ich wollte ohnehin nach Verena schauen, sie war so still den ganzen Tag.«

Natürlich wollte sie vor mir im Bad sein. Sie wollte sicher gehen, dass ich ihre Tochter nicht in der Dusche überraschte. Es fiel mir leicht, mich in ihre Lage zu versetzen, ich werde schnell erregt beim Anblick junger Damen, noch dazu wenn sie nackt sind, ich habe nicht oft das Glück, nackte Frauen zu sehen, und wer garantierte ihr schließlich, dass ich aus dieser Gelegenheit nicht Profit schlug.

Wir gingen zur Hintertür hinein. Sie sagte, ich solle die Schuhe ruhig anbehalten. Das wollte ich nicht, auch sie waren geliehen, ich hatte genug Persönlichkeit darin hinterlassen. Auf dem Weg ins Obergeschoss sprach ich sie auf Mutter an. Sie tat überrascht und verstand nicht, was ich meinte.

»War sie krank?« fragte ich.

»Nein, das ist es ja gerade. Sie war so gesund und munter, sie hat bis zum Schluss im Geschäft gearbeitet. Das alles ist so plötzlich über uns hereingebrochen.«

Sie blieb stehen und legte das Gesicht in die Hände. Es sah einigermaßen komisch aus, sie so stehen zu sehen, ich konnte nicht sagen, ob sie weinte oder nur in ihrer typischen Art atmete.

Das Bett war schon fertig gemacht und aufgeschlagen. Judith ging drei Türen weiter zum Badezimmer. Sie legte ein Ohr ans Türblatt, um zu lauschen, öffnete die Tür, und durch einen schmalen Spalt, schmal genug, damit ich nichts sehen konnte, schlüpfte sie hinein. Drinnen hörte ich sie laut mit meiner Nichte diskutieren, ich nahm an, dass sie ihr Vorwürfe machte, weil sie sich nicht eingeschlossen hatte, und ob sie nicht wisse, dass noch jemand im Haus sei. Jetzt stand sie ein wenig ratlos Wache vor der unverschlossenen Tür, sie konnte einem fast leid tun.

»Lass nur, es eilt nicht«, sagte ich, um es ihr ein wenig leichter zu machen. »Ich werde den Anzug einstweilen hier drin lassen. Ich wollte mich sowieso hinlegen.«

Sie kam erleichtert zurück. Ich hatte mich noch nicht ausgezogen, und wir standen uns eine Weile im Vorraum gegenüber.

»Bist du müde?« fragte sie.

»Ja«, sagte ich.

Sie nickte und lehnte sich an die Wand neben dem Schlafzimmer. Ich lehnte mich an den Türstock. Sie verschränkte die Arme vor der Brust.

»Und sonst, wie geht es dir?« fragte sie.

»Ich darf jetzt die Parkanlagen bepflanzen.«

»Das habe ich nicht gemeint«, äußerte sie seufzend.

»Aber gedacht hast du's.«

»Fangen wir nicht wieder damit an.«

»Gut«, sagte ich. »Ich bin müde.«

»Leg dich nur hin, es wird dir gut tun.«

Sie ging hinunter ins Wohnzimmer. Das viele Essen hatte mich schläfrig gemacht; ich ließ mich aufs Bett fallen und schlief fast sofort ein. Einmal wachte ich auf, weil unten im Erdgeschoss etwas zu Boden gefallen war, oder geworfen wurde, und ich drehte mich zur Seite und schlief wieder ein.

Als ich das nächste Mal aufwachte, war alles finster. Es

war kurz vor Mitternacht; alle waren im Bett, wie es aussah. Ich ging hinunter ins Erdgeschoss und stahl mir eine von Judiths Zigaretten, bald darauf eine zweite, schließlich die ganze restliche Packung, sie wird es verkraften, sagte ich mir. Eine Zeit lang war ich im Wohnzimmer unterwegs, ich rauchte und besorgte mir etwas zu trinken, bis irgendwann aus dem Keller ein Geräusch zu hören war. Ich hatte keine Ahnung, was da vor sich gehen mochte, ich war noch nie nach unten gebeten worden, aber es hörte sich an, als ob es Leben gäbe unter dieser Erde. Ich suchte nach einem Lichtschalter für die Treppe und ging hinunter.

Im letzten Raum, einer Stube mit Bar, saß meine Nichte Verena hinter einem Glas Wein. Sie wirkte ein bisschen erschrocken, jedenfalls nicht sehr entspannt, sie hatte ja nicht ahnen können, wer um die Ecke gebogen kam.

»Du bist es«, sagte sie.

Sie wirkte erleichtert, und ich setzte mich ihr gegenüber. Sie sah aus, als habe sie getrunken, und bestimmt nicht das erste Glas, eine leere Flasche stand auf der anderen Seite des Tisches.

»Stört es dich, wenn ich da sitze?« fragte ich.

»Absolut nicht. Lieber du als sonst wer.«

Ich empfand Genugtuung, als sie das sagte. Ich bin es nicht gewohnt, geduldet zu werden, und sie schien sich von mir nicht abgestoßen zu fühlen. Es war mir schon aufgefallen, wie sie mich vom Bahnhof abgeholt hatte, sie trägt eine gewisse Offenheit in sich, eine gewisse Skepsis allem Glanz gegenüber. Alles in ihrem Rahmen, versteht sich, in ihrem wohlbehüteten Rahmen, aber immerhin, sie war mit mehr Reife ausgestattet als ihre Mutter, diesbezüglich.

»Willst du auch etwas trinken?« fragte sie.

»Hast du noch was übrig gelassen?«

Sie lachte und ging zur Bar. Sie trug eine hellblaue Pyjamahose, die ihr viel zu weit unten hing, ich konnte ohne Mühe ihre Unterhose erspähen, dazu den Ansatz der Spalte, vom Oberteil gar nicht zu sprechen, aus welchem zwei reife, um nicht zu sagen überreife Früchte herausschauten. Ich hatte mich schon früher gefragt, wer ihr den ästhetischen Luxus vererbt hatte, auch im Gesicht, sie besaß ein ausgesprochen malerisches Gesicht, und meine Schwester war nicht gerade eine Augenweide. Sie beugte sich hinunter auf den Boden, hinter die Bar, auf der Suche nach Wein.

»Der sieht gut aus«, sagte sie und untersuchte das Etikett. »Der dürfte nicht allzu billig gewesen sein.« Sie besorgte einen Korkenzieher und fügte hinzu: »Die Alten trinken ihn sowieso nicht. Es geht nur darum, dass er im Haus ist. Sie wollen nur irgendwas da haben, falls jemand kommt. Damit es was zum Herzeigen gibt.«

Ich hörte deutlich die Rebellion in ihrer Stimme, doch es war eine Art resignierten Widerstands, immerhin war sie allein, ich meine hier unten, ganz allein, mit einer Flasche Wein, es lief wohl nicht alles so, wie sie es sich vorstellte. Sie schien es darauf anzulegen, in dieser Nacht, sie hatte vielleicht einen Punkt erreicht, einen Endpunkt, in gewisser Weise, und sagte sich womöglich: Bis hierher und nicht weiter. Vielleicht bedurfte sie deshalb des Weins.

»Es hat lange Diskussionen gegeben, ob man dich einladen soll. Sie haben stundenlang die Vor- und Nachteile abgewogen.« Sie schüttelte spöttisch den Kopf und wiederholte: »Die Vor- und Nachteile, wie das schon klingt. Als würden sie über irgendwelche Waren verhandeln.«

»Sie sind Geschäftsleute«, sagte ich mit möglichst wenig Sarkasmus in der Stimme. »Daran gewöhnst du dich.«

»Sie haben geglaubt, ich würde es nicht hören. Deine liebe Schwester ist der Ansicht, dass man dich nicht herzeigen soll. Wegen der Gäste, nicht wegen mir, wegen der Gäste, hat sie gesagt ... dass ich nicht lache. Sie haben befürchtet, du könntest alles zerstören, das ganze Theater, das sie aufgezogen haben. Dabei hätte ich mir so sehr gewünscht, dass einer kommt und alles einstürzen lässt wie ein verdammtes Kartenhaus, die ganze Feier und alles, diesen Mist, das schöne Besteck, als ob sie das wieder lebendig machen würde.«

»Ah, du gerätst also nach mir.«

»Das sagen sie auch immer«, erklärte sie. »Ich kann nur beim besten Willen nichts Schlimmes darin erkennen.«

»Das ist schön gesagt.«

Sie nickte nachdenklich, nahm einen kräftigen Schluck und rülpste. Sie bot mir eine Zigarette an. Ich nahm eine und freute mich, als sie mir Feuer gab, sie musste sich dabei weit über den Tisch beugen. Kurze Zeit blieb es still, dann lachte sie und sagte, ein bisschen rührselig durch die Wirkung des Weins:

»Weißt du was, ich mag dich.«

»Aber du kennst mich doch kaum.«

»Das ist richtig«, sagte sie, »aber so richtig auch wieder nicht. Es ist vielleicht nicht das passende Wort. Ich habe viele Geschichten über dich gehört.«

»Ich hoffe, nur die guten.«

»Das ist alles relativ«, sagte sie und lachte.

Da musste ich ihr Recht geben. Ich war drauf und dran, sie um ein wenig Geld anzubetteln, sie hätte mich nicht enttäuscht, so gut kannte ich sie bereits, doch dann sagte ich mir: Es ist nicht ihr eigenes Geld, auch sie hat nur ihre Spender, und ich verschwendete keinen Gedanken mehr daran. Sie war sehr betroffen vom Tod ihrer Großmutter, in zweierlei Hinsicht, sie fühlte sich zugleich schwermütig und aggressiv, und irgendwann ballte sie die Faust und sagte mit einer Klarheit in der Stimme, die mich beeindruckte:

»Sie war ein Drache! Das war mir immer schon klar. Aber es tut mir trotzdem so leid um sie.«

»Das ist dein gutes Recht«, sagte ich.

»Für mich ist sie immer die Beste gewesen.«

»Dafür braucht man sich nicht zu entschuldigen.«

»Ich weiß, aber was ist mit dir?«

»Das ist eine andere Geschichte.«

»Aber man darf doch sein Kind nicht so behandeln«, sagte sie. »Das sagt einem doch die Natur. Man setzt doch keine Kinder in die Welt und dann lässt man sie fallen, nur weil sie eine andere Meinung haben oder irgendwelche Dinge sagen, die einem wehtun.«

»Wie schön du untertreibst.«

»Oder seinen Bruder«, ergänzte sie. »Ich würde meinen Bruder niemals im Stich lassen. Das alles ist so traurig, ich kann es fast nicht ertragen. Und gleichzeitig würde ich am liebsten dieses ganze Haus in die Luft jagen.«

Ich wusste nicht, wie ich ihr helfen sollte. Ich hätte so weit gehen und ihre Hand nehmen können. So weit wollte ich nicht gehen.

Sie sagte noch einige andere Dinge, die sie bekümmerten, sie war groß in Fahrt gekommen und stimmte eine tiefe Sinnlosigkeit an. Ich ließ sie reden, sie musste reden, um sich zu erleichtern, aber sie wurde bald müde, der Wein tat seine Wirkung, und nachdem weder sie noch ich mehr etwas zu sagen wussten, schlug ich vor, sie solle zu Bett gehen. Das tat sie, und ich nahm mich des restlichen Weins an. Er war, wie ich ihn am liebsten hatte, weder zu süß noch zu trocken, und ich erlaubte mir die Einbildung, man habe ihn mir zu Ehren gekauft. Das rechtfertigte bald eine weitere

Flasche. Ich war kein bisschen müde, ich hatte länger geschlafen, als ich vorgehabt hatte, und mit der Flasche in der Hand durchwanderte ich die Räume des Kellers. Ich entdeckte einen Fitnessraum und ein Billardzimmer, das mit antiken Möbeln bestückt war. Ich durchsuchte alle Laden einer schweren Kommode, meine Stimmung war eine Mischung aus Neugier und Langeweile, und ich dachte, dass ich ein paar Rätselhefte oder ähnliche Dinge finden würde, die mir die Zeit vertrieben. Und ich wurde nicht enttäuscht: Ich entdeckte eine beachtliche Sammlung an Modemagazinen und Bestellkatalogen, ich blätterte sie durch, um mich zu vergewissern, dass die abgebildeten Damen und Unterwäschekollektionen nach meinem Geschmack waren, und anschließend schaffte ich alles hinüber in die Stube und hielt meine eigene kleine Gedenkfeier.

Am nächsten Tag erwachte ich Punkt Mittag. Offenbar waren noch genügend Kräfte in mir gewesen, um mich vom Keller ins Obergeschoss zu schleppen. Vom Garten war das helle Geräusch von Besteck zu hören; ich stellte mich ans Fenster, versteckt und so geräuschlos wie möglich, ich wollte nicht zulassen, dass man mich hörte oder sogar zum Essen hinunter bat. Die Familie saß am Esstisch, meine Schwester, ihr Mann und die Kinder, und ich konnte sehen, dass ein Gedeck für mich hergerichtet war. Es sah alles sehr künstlich aus, glatt und sauber wie in der Fernsehwerbung. Ich sah eine Weile zu, wie sie ohne Freude in ihre Teller stachen, und aus irgendeinem Grund empfand ich plötzlich so etwas wie Mitleid mit diesen Kindern. Sie hatten nichts dazu beigetragen, dass sie eine Frau wie meine Schwester mit Mama oder Mutter anreden mussten. Der Ehemann dagegen war mir gleichgültig. Auch er hatte sich ein paar Urteile zu viel über mich erlaubt, alles unter dem Einfluss seiner Frau, die schon immer die Gabe besessen hatte, ihre Nächsten mit der Sprache des Glücks und Erfolgs zu betäuben.

Nachdem ich mich angezogen hatte, ging ich auf die Toilette. Dort saß ich eine Weile und überließ mich der Natur, und als ich danach wieder ins Gästezimmer zurückkehrte, hörte ich meine Schwester aufschreien. Ich sage schreien, obwohl es sicherlich ein ganzer Satz oder sogar zwei gewesen waren, die sie hervorgestoßen hatte, und ich nahm an, dass ihr eine ihrer berüchtigten Beleidigungen entfahren war. Irgendetwas musste vorgefallen sein, als ich weg war. O ja, das passte so recht zu mir, auf dem Klo zu sitzen, während die Welt draußen in Aufruhr geriet.

Ich eilte zum Fenster, um wenigstens die Folgen ihrer Äußerung mitzuerleben: ihr Mann stand wortlos vom Tisch auf. Er nahm seinen Teller, auf dem noch ein halbes Stück Fisch lag, und ging ins Haus. Er sagte nichts, er ging ins Haus und warf die Terrassentür hinter sich zu, mehr brauchte es nicht. Und nachdem es einen Moment lang vollkommen still gewesen war, meldete sich plötzlich meine Nichte mit lauter Stimme zu Wort.

»Kannst du ihn nicht einfach sein lassen, wie er ist?«

»Es war nur, es tut mir leid«, stotterte meine Schwester.

»Und wenn du wenigstens deinen Bruder aus dem Spiel lassen würdest. Ich kenne ihn nicht, das mag sein, aber soviel weiß ich immerhin: dass er nicht der Bösewicht ist, für den er gehalten wird. Der einzige Bösewicht sitzt hier an diesem Tisch.«

»Es tut mir so leid«, jammerte meine Schwester.

»Du hast recht«, sagte Verena, »irgendwann wird es dir wirklich noch leid tun.«

Sie stand nun ebenfalls auf und nahm ihren Teller.

»Verena, nicht du auch noch.«

Ich fand, dass es eine günstige Gelegenheit war, hinunterzugehen. Judith saß alleine am Tisch. Auch der Sohn hatte sich inzwischen zurückgezogen. Es war der sogenannte Anfang vom Ende, das kann ich sagen, aus heutiger Sicht, und es hätte mich nicht überrascht, wenn meine Schwester versucht hätte, mir die Schuld dafür in die Schuhe zu schieben. Sie sagte es nicht, sie hatte genug angerichtet, aber kein Zweifel darüber, dass sie es dachte. Es lag nicht in ihrer Natur, es nicht zu denken, und irgendwo tief in ihr drinnen murmelte eine vorwurfsvolle Stimme: Wenn wir ihn bloß nicht eingeladen hätten.

»Guten Morgen«, sagte ich artig.

»Guten Morgen. Fährt dein Zug etwa schon?«

»In eineinhalb Stunden«, antwortete ich.

»Ach ja? Erinnere mich, wenn es soweit ist.«

»Ja«, sagte ich. »Hast du eine Zigarette?«

»Sicher, da drüben, nimm dir nur.«

Sie war die Großzügigkeit in Person. Ich griff auf die andere Seite des Tisches nach der Packung. Sie wich meinem Arm aus, als hätte sie etwas zu befürchten. Es war ihr nicht sofort aufgefallen, aber als es ihr auffiel, lächelte sie verlegen und lehnte sich wieder an dieselbe Stelle, an der sie vorher gelehnt hatte. Sie schien nicht recht zu wissen, wie sie sich verhalten sollte, ohne allzuviel von sich selbst preiszugeben.

Das gestrige Unwetter hatte ein paar von den großen Pflanzen dazu gebracht, die Köpfe bis auf den Boden hängen zu lassen. In einem Garten in der Nähe wurde ein Rasenmäher angeworfen. Ich dachte: Es ist Sonntag Mittag, und wenn es noch eine Stunde gibt, die der Menschheit heilig ist … aber ich bin wohl nicht ganz auf dem Laufenden, die Zeiten der Sonntagsruhe sind vorbei. Ich holte einen

Liegestuhl, den ich in der Mitte des Gartens platzierte. Ich beobachtete die Bienen und Wespen, die nebenan im Efeu ihrer Arbeit nachgingen, einer ehrlichen und sinnvollen Arbeit, man konnte fast neidisch werden, wenn man sie so eifrig und selbstlos herumschwirren sah.

Als es Zeit war, zum Bahnhof zu fahren, rief ich nach meiner Schwester. Sie war noch im Badezimmer. Meine Nichte kam herunter, um sich zu verabschieden; sie schien gerührt und küsste mich links und rechts auf die Wange. Wenige Minuten später kam meine Schwester. Sie bezahlte die Fahrkarte, und als wir am Bahnsteig standen, steckte sie mir einen großen Geldschein in die Tasche. Ich bedankte mich höflich. Wir umarmten uns, dann stieg ich ein. Durch das Fenster sah ich, dass sie mir winkte, und ich dachte: Wenn wir uns das nächste Mal wiedersehen, wird es vielleicht einer von uns sein, der zu Grabe getragen wird. Ich winkte zurück, bis der Parkplatz hinter den Brückenpfeilern verschwand. Ich winkte sehr heftig und gab mir Mühe, es aufrichtig aussehen zu lassen. Vielleicht begann sie ja wieder, mir Geld zu schicken.

Nichts, nichts

Er ging die Treppe hinauf, um nicht mit einer Familie aus dem vierten Stock gemeinsam im Aufzug fahren zu müssen. Er hatte drei Einkaufstaschen zu tragen, eine um die Schulter, die anderen in der linken Hand. Mit der rechten suchte er in der Hosentasche nach dem Wohnungsschlüssel. Als er kurz vor der Eingangstür war, läutete das Handy. Er fluchte leise und stellte die Taschen ab. Das Olivenglas, dachte er, wenn mir das zerbricht. Er fand das Telefon, es war sein Cousin. Sie sagten Hallo.

»Wie geht's?« fragte er.

»Ja«, antwortete der Cousin.

Danach wurde eine Zeit lang nichts mehr gesagt. Er ahnte, weshalb der Cousin angerufen hatte, und er wollte nichts sagen. Er hörte seinen Atem im Telefon, seinen eigenen und den seines Cousins.

»Hast du mit Maria geredet?« fragte der Cousin.

»Rufst du deswegen an?«

Es kam keine Antwort.

»Was gibt's?« fragte Markus.

»Wirst du mit ihr reden?« fragte der Cousin.

»Ja, ja«, sagte er und legte auf.

Er steckte das Telefon ein und sperrte auf. Er zog sich aus und ging ins Badezimmer, um sich die Hände zu waschen. Die Riemen der Tragtaschen hatten dunkle Linien auf seinen Handflächen hinterlassen. Er schrubbte sich die Hände, viel länger als notwendig, und nahm auch die Handbürste zu Hilfe.

In der Küche, als er die Schuhe ausgezogen und die Einkaufstaschen am Tisch abgestellt hatte, hätte er am liebsten das eben Gekaufte sofort wieder aus dem Fenster geworfen. Er verspürte einen undefinierbaren Hass auf die Waren, als ob sie die Verantwortung trügen für seine Misere. Und was überhaupt für eine Misere? Es fehlte ihm an nichts. Er versuchte sich zu beruhigen und schaltete das Radio ein, doch die Kreditwerbung, die gerade lief, machte alles nur noch unerträglicher. Er nahm die Einkaufstaschen, stellte sie auf den Tisch und verfrachtete die Waren mit maßlos übertriebener Gewalt in den Kühlschrank. Er griff nach dem Schafkäse und warf ihn hinein, dass er fast platzte. Die Tomaten, die Paprika, das Biovitaljoghurt schleuderte er dazu, es war ohnehin alles egal. Was er verfehlte, landete auf dem Boden: eine Packung Mozarella-Bällchen sprang auf, die Eier zerbrachen. Als die Taschen leer waren, betrachtete er die Schweinerei und schüttelte lachend den Kopf. Einen Moment lang fühlte er sich, als hätte er der Welt etwas bewiesen; es stand fest, dass es nichts Großes sein konnte, aber er dachte, dass er immerhin etwas zum Ausdruck gebracht hatte, und vielleicht war das schon ein Fortschritt. Er hatte ein Gefühl, es war nicht klar, was es war, doch er dachte, dass er zumindest etwas erreicht hatte.

Im Wohnzimmer ließ er sich auf das Sofa fallen und legte die Füße auf den Tisch. Einmal stand er auf, um sich etwas zu trinken zu holen. Er schloss die Augen und lehnte sich zurück. Als er kurz darauf die Augen wieder öffnete, hatte er die Schweinerei in der Küche im Blickfeld. Er nickte bestätigend vor sich hin.

Bald darauf hörte er, wie Lara draußen die Wohnungstür

aufsperrte, und er sprang schnell auf und wollte ins Bad gehen, um irgendetwas zu tun, wenn sie hereinkam, doch er kehrte gleich wieder um, nahm seinen ursprünglichen Platz ein und dachte: Sie soll ruhig merken, wie es mir geht. Aber als sie dann kam und von der Garderobe aus mit ihrem hellen Gesicht zu ihm hinblickte, merkte er, dass er es nicht aushalten würde, und stand auf und suchte in der Küche nach seinen Schlüsseln. Er wollte weggehen, bevor Lara in der Küche war. Daraus wurde nichts, er fand die Schlüssel nicht. Vor dem Esstisch standen sie sich plötzlich gegenüber. Lara starrte auf den Küchenboden. Sie war verwundert, sie hatte die Augenbrauen weit angehoben. Sie blickte ihn an, lange und gründlich, er blickte nicht zurück.

»Was suchst du?« fragte sie.

Er antwortete: »Nichts.«

»Die Schlüssel liegen beim Eingang«, sagte sie.

Er ging in die Garderobe, sie folgte ihm.

»Was hast du in der Küche angestellt?« fragte sie.

»Ach so«, sagte er.

Er war schon bei der Tür draußen.

»Wohin gehst du?« fragte sie.

»Ich habe etwas vergessen«, sagte er und bog um die Ecke zur Treppe. Er hatte nicht die Ruhe, um auf den Lift zu warten. Etwas vergessen, sagte er sich, und schüttelte den Kopf. Er rannte die Stufen hinunter auf die Straße. Es hatte zu regnen begonnen. Er ging bis zur Schnellbahnstation. Dort blieb er eine Weile stehen und wartete, bis der Regen nachließ. Er lehnte sich an die Mauer und beobachtete die Menge, die sich unten an der Kreuzung in alle Richtungen verteilte. Manchmal, dachte er, am liebsten würde ich manchmal, und er boxte mit der Faust hinunter auf seinen Oberschenkel.

Schließlich fiel ihm ein, dass er beim Einkauf tatsächlich etwas vergessen hatte, und er ging in den Supermarkt bei der Schnellbahnstation und kaufte eine Glühbirne. Viele Leute waren da, mehr als noch vor ein paar Stunden, und er musste lang anstehen. Er nützte die Zeit, um sich zu beruhigen. Hinter ihm in der Schlange stand ein Freund seines Vaters. Sie begrüßten einander und unterhielten sich, bis er an der Reihe war. Der Freund wollte wissen, wann der Vater wieder nach Hause gelassen würde. »Er geht mir schon ab, der alte Hund«, sagte er und lachte. Markus lachte ebenfalls. Er zahlte und verabschiedete sich. Er fuhr mit dem Bus in die Wohnung zurück. Als Lara die Tür öffnete, spürte er, wie sein Gesicht rot wurde.

»Was war denn mit dir los?« fragte sie.

»Weiß nicht«, sagte er.

Nach einer längeren Pause sagte sie:

»Willst du darüber reden?«

»Es kommt ja sowieso nichts dabei raus.«

»Einen Versuch ist es wert«, sagte sie.

Er steckte die Hände in die Hosentaschen und fragte:

»Wie war's bei deiner Schwester?«

»Ach ja«, sagte sie. »Sie ist ziemlich am Ende.«

»Sind das nicht alle?«

»Markus! Was soll das jetzt bedeuten?«

»Genau das, was es heißt«, sagte er und drehte sich um.

Er ging in die Küche. Von der Unordnung am Küchenboden war nichts mehr zu sehen. Er entdeckte noch Spuren des Putzmittels auf der Kühlschranktür; ein feuchtes Tuch hing über der Stuhllehne zum Trocknen. Er nahm ein Glas, öffnete den Kühlschrank und holte eine Bierdose. Lara stand neben ihm. Sie nahm ebenfalls ein Glas und hielt es ihm hin, er schenkte ihr ein. Er ging zum Schreibtisch und schlug eine Zeitschrift auf. Lara schaltete das Radio ein und setzte sich auf das Sofa. Sie griff nach einer alten Zeitung, die auf dem Tisch lag. Zwischendurch blickte sie einmal auf und wandte sich zum Schreibtisch.

»Ist es wegen deinem Vater?« fragte sie.

»Nein«, sagte er.

»Ist es Maria? Ist es wegen dieser Maria?«

Er schüttelte den Kopf.

»Was ist es dann?«

»Nichts, nichts«, sagte er.

Das Vogelhaus

Der Wind wehte stark, durch die Fenster war sein lautes Pfeifen zu hören. Draußen auf der Terrasse klopfte die große Sonnenblume an die Glasscheibe. Ich war noch nicht lange wach. Ich hatte einen unruhigen Traum gehabt, ich musste viel in Bewegung gewesen sein, als ich aufwachte, hatte ich eine Wunde am Handrücken.

Es war eine Stunde vor Mittag, es war ein Feiertag, wir waren bei Lauras Eltern zum Essen eingeladen. Sie wohnen zehn Häuser entfernt, in derselben Straße am Fluss; das ist nicht unbedingt ein Vorteil, sie kommen viel zu oft auf Besuch. Ich zog mich an und ging hinunter ins Wohnzimmer. Laura war noch im Pyjama. Sie saß mit einer Tasse Tee vor dem Fernseher. Ihre Beine waren in eine Decke gewickelt, neben ihr auf dem Sofa lehnten die Krücken. Sie blickte zu mir nach hinten, als sie mich hörte, und mit einem mürrischen Augenrollen hinunter auf meine Pantoffeln. Ich dachte, dass sie vielleicht eingenickt war und das Geräusch der Pantoffeln sie geweckt hatte.

»Morgen«, sagte ich.

»Morgen«, sagte sie.

Ich fragte, wie lang sie schon wach sei. Ihre Antwort war ein selbstmitleidiges Nicken, das mir zu verstehen geben sollte, dass sie wieder nicht habe durchschlafen können.

»Hast du etwas geträumt?« fragte sie.

»Sieht ganz danach aus.«

Ich hielt ihr meinen zerkratzten Handrücken entgegen. Am Ansatz des rechten Zeigefingers waren zwei dünne Risse zu sehen, mit dunkelroter Kruste an den Enden.

»Aha«, sagte sie.

Ich ging in die Küche und setzte Kaffeewasser auf. Es war offensichtlich, dass mein Traum sie nicht interessierte, sie wollte mir nur andeuten, auf diese Weise, dass es meine Schuld sei, zumindest indirekt, dass sie eine schlaflose Nacht gehabt hatte.

»Hast du das nicht gestern schon gehabt?« rief sie mir nach. »Hast du nicht gesagt, du hättest dich an der Werkbank geschnitten?«

»Nein«, sagte ich.

Während das Wasser kochte, ordnete ich den Zeitungsständer. Ich sortierte die alten Magazine aus und warf sie weg. Als ich fertig war, ging ich hinauf ins Badezimmer. Ich putzte die Zähne und wusch mir das Gesicht. Wieder im Erdgeschoss, schenkte ich Kaffee ein und setzte mich an den Tisch. Ich konnte den Fernseher sehen. Der Ton war leise geschaltet, es war fast nichts zu hören, nur ein Summen, ich nahm an, dass sie mich nicht hatte wecken wollen, und jetzt war sie wohl zu faul, um nach der Fernbedienung zu greifen. Sie lag anderthalb Meter entfernt auf dem Tisch. Unter gewissen Umständen, so viel war klar, mochte das schon zuviel sein.

Auf dem Sender, den sie eingeschaltet hatte, einem Musikkanal, lief eine Dokumentation. Ein berühmter Popstar führte durch seine Villa. Sein Anwesen umfasste mehrere tausend Quadratmeter. Die Kamera verfolgte ihn durch fünf Schlafzimmer und sechs Bäder, im Garten ein Swimmingpool mit Sprungbrett und Brunnen, eine Sitzbank befand sich auf der einen Seite unter Wasser, auf der anderen war ein großer Bildschirm montiert. Es musste irgendwo im Süden gedreht worden sein, keine Spur von Wind, von Regen gar nicht zu sprechen.

Ich trank den Kaffee und rauchte. Ich überlegte, ob ich hinunter in die Werkstatt gehen sollte. Ich hatte das Bedürfnis, etwas zu arbeiten. Ich wusste nicht, ob es Laura gegenüber unhöflich wäre, ich konnte es nicht entscheiden. Einen Moment lang dachte ich, dass ich sie fragen könnte, sozusagen um ihre Erlaubnis, aber was für einen Unterschied hätte das gemacht? Ich setzte mich an den Schreibtisch, auf der anderen Seite des Wohnzimmers, und schaltete den Computer ein. Es war noch eine Stunde Zeit. Auf einmal seufzte Laura laut auf und schlug sich mit der flachen Hand auf den Gipsfuß.

»Ist das zu glauben?« rief sie. »Manche scheinen wirklich nicht mehr zu wissen, wohin mit ihrem Geld. Sollen sie es doch gleich den Schweinen zum Fraß vorwerfen!«

Ich blickte zum Fernseher, auf der Suche nach dem Auslöser ihres Anfalls. Der Popstar stand in seiner Garage. Sechs Autos standen darin, darunter ein Porsche und zwei Limousinen. Ich hatte nichts dazu zu sagen. Ich wollte ihr nicht den Gefallen tun und ihr zustimmen. Abgesehen davon war es egal. Von mir aus hätte er zwanzig Autos besitzen können.

Ich schaltete den Computer aus und ging hinunter in die Werkstatt. Sie musste wissen, dass sie bei mir an der falschen Adresse war, sie kannte mich, ich war nicht wie ihre Mutter, sie musste das wissen. Ich sagte kein Wort. Ich war der Meinung, sie würde verstehen, ich hatte ein deutliches Zeichen gesetzt.

Ich schlüpfte in die Arbeitshose und ging an die Werkbank. Das Dach des Vogelhauses musste noch angeschraubt werden. Es ist ein mittelgroßes Haus, ich schätze, dass es genug Platz bieten wird für drei oder vier Vögel, Amseln oder Meisen. Ich holte den Akkuschrauber und fing an zu arbeiten, vier Schrauben, das musste genügen. Es war keine Villa, es diente seinem Zweck. Als das Dach fertig war, machte ich mich auf die Suche nach Schleifpapier. Ich fand keins, ich ging hinüber ins andere Zimmer und suchte dort. Ich wusste nicht, wo ich es hingetan hatte. Es gibt so viele Schränke und Kästen, viel zu viele, ich fragte mich, wer auf die Idee gekommen war, all diese Schränke zu kaufen. Oben konnte ich Laura herumgehen hören. Die Krücken klapperten laut auf dem Steinboden. Ich blieb stehen und lauschte. Es dauerte nicht lang, dann öffnete sie die Kellertür und rief nach mir:

»Wir sollten dann gehen.«

Ich antwortete nicht. Sie konnte nicht wissen, wo ich war, ich hatte mich nicht mehr bewegt, nachdem die Tür geöffnet worden war. Sie sollte glauben, dass ich in der Werkstatt war, hinter der Brandschutztür.

»Hörst du mich?« rief sie. »Es ist kurz vor zwölf, meine Mutter hat schon angerufen.«

Sie wartete auf eine Antwort.

»Warum hast du das Telefon nicht mitgenommen? Wir haben ausgemacht, dass du das Telefon mitnimmst, wenn du nach unten gehst.«

Ich musste ein bisschen lachen, ich hatte das Telefon vergessen. Sie stand oben mit dem Gipsfuß und konnte nicht herunter. Ich blickte auf die Uhr. Sie gab bald auf und warf die Kellertür zu.

Ich fand das Schleifpapier und arbeitete weiter an meinem Haus. Ich konnte sie schon sehen, die Vögel, wie sie sich in ihrem bescheidenen Wohnzimmer tummelten, sie haben nichts außer ihren existenziellen Bedürfnissen, sie fressen und trinken, hin und wieder, in geregelten Abständen, sorgen sie dafür, dass sie nicht aussterben.

Ich hatte nicht vorgehabt, noch lange zu arbeiten. Ich wollte bald hinauf gehen und mich zum Fortgehen bereit machen. Ich fand, dass genügend Zeit verstrichen war, sie hatte ihre Strafe bekommen, und ich nahm das Vogelhaus und trug es hinüber in den Lagerraum, als ich von oben Lauras Stimme hörte. Sie humpelte wild mit den Krücken und rief etwas, ich konnte nichts verstehen, die Tür zum Kellerabgang war noch geschlossen, es war sehr laut, die Schritte stampften vor Wut, und dann wurde die Kellertür aufgestoßen und sie fiel die Treppe herunter.

Ich hörte ihre Stimme, einen erstickten Schrei, dann das Aufschlagen ihres Körpers auf den Stufen. Ich lief hinüber zur Treppe. Sie lag mit dem Kopf in meine Richtung und hatte die Augen geöffnet, ihr Blick zeigte eine seltsame Leere, kein Schrecken oder Entsetzen, und mein erster Gedanke war, dass sie tot war. Sie war es nicht, aber sie konnte nur ihre Augen bewegen. Ich rief einen Krankenwagen, das war das Ende. Sie sitzt heute im Rollstuhl, in unserem früheren Haus, ich bin in die Stadt gezogen, in eine Wohnung. Ich wollte nicht, dass man glaubt, ich hätte sie verlassen, weil sie im Rollstuhl sitzt. Vielleicht hätte ich es getan, wer weiß, wenn sie mir nicht zuvorgekommen wäre. Sie hatte kein Wort mehr mit mir gesprochen. Ich hatte sie im Krankenhaus besucht, ich war jeden Tag dort gewesen, an ihrem Bett, viele Stunden lang, sie hatte auf keine meiner Fragen geantwortet. Sie gab mir die Schuld an dem Unfall. Sie sagte es nicht, sie brauchte es nicht zu sagen, es gab nichts mehr zu sagen, auch davor hatte es nichts zu sagen gegeben.

Mehr schlecht als recht

Ich wohne seit fünfzehn Jahren in derselben Wohnung am Stadtrand. Man kennt mich recht gut in der Gegend, ich gehe seit langem jeden Morgen spazieren, mit meinem Rollkoffer und meinen Hüten. Ich hatte einige Jahre lang das Hobby, Hüte zu sammeln; das Resultat ist eine stattliche Auswahl an Kopfbedeckungen, vom Cowboyhut bis zur Melone.

Und um auch ein Wort über meinen Koffer zu verlieren: Er ist aus gutem Stoff und mit einer stabilen Schiebevorrichtung versehen, die aus einer Zeit stammt, als man für sein Geld noch ordentliche Ware bekam. Meine Großmutter hat ihn mir vermacht, ich muss als kleiner Balg das eine oder andere Mal bis zum Hals hineingeschlüpft sein und Lokomotivführer gespielt haben, ich erinnere mich an ein Foto, das über ihrem Küchentisch hing, es zeigte mich lachend in seliger Vereinigung mit meinem treuen Gefährten. Aber es ist vielleicht weniger ein Koffer als eine Art weicher Karren mit Rädern zum Nachziehen.

So gehe ich meiner Wege, munter von hierhin nach dorthin, immer auf der Suche nach Brauchbarem, das einzusammeln sich lohnt. Eine stattliche Anzahl an Haushalts- und sogar Luxusartikeln ist auf diesem Weg in meinen Besitz übergegangen: Messer, Schneidbretter, Regalböden. Man braucht nur die Augen ein wenig offen zu halten, oh ja, was in dieser Welt alles für wertlos erklärt wird, mag einem schier die Sprache verschlagen.

Man kennt mich also wohl in der Gegend. Das bedeutet nicht zwangsläufig, dass ich auch akzeptiert werde. Ich bekomme kaum jemals Besuch, und man vermeidet nach Möglichkeit, mir im Treppenhaus zu begegnen. Das hat zur Folge, dass ich selten in meinem Lebenswandel gestört werde, und das ist ein Vorteil für den, der die Stille zu schätzen weiß. Der Nachteil ist, dass sich zu viel Einsamkeit, über Jahre gesammelt, nicht leicht erträgt. Ich gehe zwar oft in Wirtshäuser, es gibt viele in der näheren Umgebung, aber auch dort hockt ja die Einsamkeit mit rotem Kopf hinter dem Weinglas. Obwohl, es kommt vor, dass ich in ein Gespräch über Sport oder Politik verwickelt werde, und ich will nicht bestreiten, dass ich dadurch eine Weile abgelenkt werde und sogar meinen Spaß daran habe. Meistens jedoch langweile ich mich schnell und verabschiede mich mit der Begründung, dass ich etwas zu erledigen hätte oder jemanden treffen müsse, während ich in Wahrheit nur in meine leere Wohnung zurückkehre.

Dann eines Vormittags aber, kurz vor Sommerbeginn, klopfte es unerwartet an meiner Tür: Es war Schwartzer, mein Nachbar, mit seinem Hund.

Mir schien, dass er etwas verlegen war; er grüßte höflich und entschuldigte sich für die Störung. Zwar müsse es sich etwas seltsam anhören, da er ja gleich nebenan wohne, erklärte er, aber er habe ein dringendes Bedürfnis, das keinen Aufschub dulde.

»Aber ja, kommen Sie«, sagte ich und bat ihn mit einer Geste herein. »Die Toilette ist gleich um die Ecke.«

Er machte Anstalten, den Hund vor der Tür sitzen zu lassen, und da ich nichts gegen Tiere habe, ganz im Gegenteil, machte ich ein Zeichen, dass er ihn mit hereinnehmen solle. Als er kurz darauf aus der Toilette kam, lächelte er und wiederholte seine Entschuldigung: Es sei ihm höchst unangenehm, in fremde Reviere zu pinkeln, aber er könne nicht in seine Wohnung gehen, weil seine Tochter ihn dort erwarte. Er fügte hinzu, nun müsse ich ihn erst recht für verrückt halten, schließlich brauche man seine eigenen Kinder üblicherweise nicht zu fürchten. Ich versicherte ihm, dass er keineswegs einen verrückten Eindruck auf mich mache.

»Wie auch immer«, sagte er. »Und im Grunde hat es wenig zu bedeuten. Ich bin ein alter Mann, und ich wundere mich bloß, wie albern ich mich in Ihrer Gegenwart benehme.«

Ich verstand nicht, worauf er hinauswollte, er merkte es und murmelte: »Ach, vergessen Sie's«, und war drauf und dran, sich zu verabschieden. Da ich aber fand, dass diese Begegnung zu vielversprechend begonnen hatte, um so abrupt wieder zu enden, und weil er mir außerdem höchst sympathisch war, fragte ich, ob er nicht ein Weilchen bleiben wolle. Er zögerte, also griff ich ihm unter die Arme – und ich griff ihm buchstäblich unter die Arme, denn ich nahm ihm das Sakko ab und forderte ihn auf, mir in die Küche zu folgen. Ich muss zugeben, dass ich den etwas eigennützigen Hintergedanken verfolgte, ihn als Spielpartner zu gewinnen. Ich spiele für mein Leben gern Würfelpoker, und seit ich vor etwa einem Monat, aus Gründen, auf die ich nicht näher eingehen will, mein Stammlokal aufgeben musste, hatte ich keine Würfel mehr angerührt.

»Bitte, nehmen Sie Platz«, sagte ich.

»Ja, danke.«

Er setzte sich an jene Seite des Tisches, von der aus man ins Vorzimmer sehen kann, wahrscheinlich, um den Hund besser im Blickfeld zu haben. Doch was er stattdessen bemerkte, war das große, selbstgezimmerte Hutregal, das ihm bis dahin verborgen geblieben war.

»Ah, hier lagern Sie also Ihre Schmuckstücke.«

Ich lachte und sagte: »Jetzt schmeicheln Sie mir.«

»Oh nein, keineswegs«, erwiderte er ruhig, »ich war immer der Meinung, dass sie sehr gut zu Ihnen passen. Und dass Sie überdies einen bestimmten Zweck damit verfolgen. Jedenfalls habe ich nicht den Eindruck, dass Sie lediglich dazu dienen, Ihre Eitelkeit zu befriedigen. So betrachtet war es vielleicht ein missverständliches Wort – es sind schöne Hüte, mehr wollte ich nicht damit sagen.«

Ich fragte, ob er Kaffee wolle. Ich verriet ihm nicht, woher die Kaffeemaschine stammte, also nahm er auch einen. Wir saßen schweigend da. Und obwohl ich ihn ja nicht kannte, empfand ich seine Anwesenheit, auch die wortlose, in jeder Hinsicht als Bereicherung. Ich hatte nicht den Mut, ihn nach so kurzer Zeit mit meinen Würfelphantasien zu belästigen, deshalb kam es mir nur gelegen, und auch ihm, wie ich bemerkte, dass der Hund drüben im Wohnzimmer Geräusche machte. Er rief ihn beim Namen: Herr Jonas, hierher, rief er. Ich fragte, ob ich ihm etwas anbieten könne, ich meinte den Hund, ich hatte Wurst und sogar ein Stück Speck im Kühlschrank.

»Sie sind ein Tierfreund?« sagte er.

»Im Grunde ja, obwohl ich nie selbst eines gehabt habe. Jedenfalls sind meine Erfahrungen mit Tieren glücklicher als die mit ihren Besitzern.«

»Dass Sie das sagen, stimmt mich ein wenig trübsinnig«, sagte er seufzend. »Nicht deshalb übrigens, weil ich mich angesprochen fühle. Aber es schien mir schon immer, als ob eine gewisse Verwandtschaft uns verbände, und da ist es umso bedauerlicher, dass wir einander nicht früher kennengelernt haben. Sie dürften auf die Menschen nicht sonderlich gut zu sprechen sein.«

»Und Sie meinen, dann hätten wir beispielsweise einmal die Woche hier oder bei Ihnen bei einem Glas Wein zusammensitzen und über die Menschheit herziehen können? Ja, daran hätte man sich doch gewöhnen können.«

»Wie ich sehe, haben Sie Humor, das gefällt mir«, sagte er lächelnd, während er den Hund aufhob und auf seinem Schoß Platz nehmen ließ. Ich bedauerte ebenfalls, ihn nicht früher kennengelernt zu haben, ich erinnere mich, dass ich mehrmals mit dem Gedanken gespielt hatte, ihn im Treppenhaus anzusprechen. Allerdings hatte er immer einen sehr angespannten, wenn nicht abweisenden Eindruck auf mich gemacht, der mir den Mut nahm. Als ich jedoch vorsichtig äußerte, dass es ja nicht zu spät sei, das Versäumte nachzuholen, erhob er sich schlagartig und so aufgewühlt, dass beinahe der Hund zu Schaden gekommen wäre, und rief ärgerlich: »Nein, es geht nicht!«

Mit dieser Reaktion wusste ich nicht umzugehen. Ebensowenig der Hund; beide blieben wir ratlos zurück, während Schwartzer unruhig im Vorzimmer umherwanderte. Ich ging zum Kühlschrank und holte zwei Scheiben Wurst, die ich Herrn Jonas überreichte.

Ich hatte meine Freude an diesem Tier, und es entging mir nicht, dass auch der Nachbar, als er uns beobachtete, eine Art bestätigende Zufriedenheit ausstrahlte. Aber wer hätte gedacht, dass er gleich soweit gehen würde, ihn mir anzubieten, denn das war es, was er schließlich tat, als er wieder in die Küche zurückkehrte, sich leise setzte und fragte, ob ich mich mit dem Gedanken anfreunden könne, ihn zu behalten.

»Wie, Sie meinen –?«

»Genau das, was ich sagte«, unterbrach er mich. »So sehr ich auch bedaure, ihn hergeben zu müssen. Aber ich bin in Umstände geraten, die es mir nicht erlauben, ihn zu behalten.«

»Hm, Umstände –«

Und wieder unterbrach er mich: »Sie können es sozusagen als meinen letzten Willen betrachten. Ich bin ein kranker Mann, und die Zeit läuft gegen mich. Aber ich werde nicht gehen, ohne über das Schicksal dieses Tieres selbst zu bestimmen. Sie mögen mich für pathetisch halten, das macht nichts.«

Er machte eine Pause. Ich weiß nicht, ob er erwartete, dass ich etwas sagte. Aber ich war so überrumpelt, dass mir die Wörter im Hals steckenblieben. Selbstverständlich bräuchte ich mich nicht auf der Stelle zu entscheiden, er werde in drei Tagen wiederkommen, sagte er. Dann erhob er sich und ging ins Vorzimmer zur Garderobe. Aber er verließ mich nicht, ohne mir einige lobende Worte über Herrn Jonas zu hinterlassen: was für ein folgsames, pflegeleichtes und liebenswürdiges Tier er sei und so fort. Und ironisch setzte er hinzu, ich müsse ihm schon verzeihen, dass hin und wieder die Sentimentalität über ihn herfalle, das Ende eines Lebens gehe naturgemäß nicht spurlos an einem vorbei. Er wisse ja, dass ich allein lebe, da könne ich einen Gefährten doch gut gebrauchen. Ich gab zu, dass ich schon oft darüber nachgedacht hatte, mir einen Begleiter für meine Spaziergänge anzuschaffen. Was mich jedoch mehr beschäftige, sei die Frage, weshalb er ausgerechnet mich ausgesucht habe.

»Nein, ich habe Sie nicht ausgesucht«, korrigierte er. »Jedenfalls bin ich nicht in dieser Absicht zu Ihnen gekommen. Doch was Sie dann sagten, hat mir bestätigt, was mir die wenigen Eindrücke, die ich von Ihnen habe, ohnehin nahegelegt haben: dass eine große Enttäuschung über die Menschen in Ihnen wohnt. Das hat mich überzeugt, wenn Sie so wollen.«

Obwohl ich nicht vollständig begriff, was hinter diesen Worten steckte, fühlte ich mich in keiner Weise verunsichert. Eine beeindruckende Souveränität ging von ihm aus, die auch sein außergewöhnliches Angebot vernünftig erscheinen ließ. Wir standen jetzt vor der Eingangstür, und er reichte mir die Hand und wiederholte noch einmal, wann genau er wiederkommen werde. Er schien, freiwillig oder unfreiwillig, einem strikten Zeitplan zu folgen.

»Dann also bis Freitag, auf Wiedersehen«, sagte er.

»Auf Wiedersehen.«

Ich schloss die Tür und blickte durch den Spion. Offenbar legte er Wert darauf, unbemerkt zu bleiben, denn er war nirgendwo zu entdecken, und das konnte nur bedeuten, dass er die Wand entlangschlich, um zur Treppe zu gelangen.

Ich blieb ratlos zurück, und meinen Plan, hinauszugehen, um Brennnesseln und Holunderblüten zu sammeln, die ich später zu Tee und Sirup zu verarbeiten gedachte, verwarf ich zugunsten eines Mittagsschlafs; mir steckte noch die Begegnung mit Schwartzer in den Knochen. Und auch der Vormittag des nächsten Tages brachte einige Überraschungen.

Ich kehrte gerade von meinem täglichen Spaziergang zurück, da entdeckte ich zwei Polizeibeamte, die im Begriff waren, an meine Tür zu klopfen.

»Nein, du wohnst hier im Haus?« fragte der größere der beiden. Ich sagte bereits, dass man mich kennt. Er hätte mir wohl kein eigenes Heim zugetraut, und er ließ es sich auch nicht nehmen, mich zu duzen, wahrscheinlich hatte er mich ein oder zwei Mal bei den Mistkübeln oder im Park gesehen und glaubte, mich gut genug zu kennen. Dann meinte er, dass ich ihm sicherlich weiterhelfen könne, nämlich bei der Frage, ob nebenan auf Nummer vierzehn noch jemand wohne. Es war Schwartzers Wohnung.

»Du bist der einzige Nachbar auf dieser Seite. Hast du in der letzten Zeit Geräusche gehört, die darauf hindeuten, dass es ihn noch gibt? Stimmen, ein Radio, einen Wasserhahn?«

Das war einfach zu beantworten. Mehr als einmal war ich mitten in der Nacht von dem tosenden Geräusch einer Klospülung geweckt worden, die wie ein Wildbach über meinem Kopfpolster niederging. Das ist der Nachteil, einer der Nachteile, des Wohnens im Betonkäfig; mein Bett grenzt direkt an sein Badezimmer samt Toilette. Nun allerdings, da ich nach ihm gefragt wurde, fiel mir auf, dass ich lang nichts mehr von drüben gehört hatte.

»Wird er etwa vermisst?« fragte ich.

»Das ist wohl kaum die passende Bezeichnung für einen Straftäter«, bekam ich als Antwort. »Jedenfalls sollte zum Wohl der Allgemeinheit das Autofahren ab einem gewissen Alter verboten sein. Das ist schon alles, was du wissen musst.«

Ich ließ nicht locker und fragte, ob damit gemeint sei, dass er Fahrerflucht begangen habe und deshalb gesucht werde. Aber da wurde das Gespräch von einem weiteren außergewöhnlichen Ereignis unterbrochen: Mein Stiefvater Johann, den ich mindestens zehn Jahre nicht gesehen hatte, kam in kurzer Hose und Wanderstiefeln die Treppe herauf. Er zog den Kopf ein und versteckte seinen tätowierten Unterarm, als er die Polizisten entdeckte, und ich machte mir

Hoffnungen, dass er mich nicht erkannte. Doch dann ging ihm ein Licht auf und er rief:

»Du meine Güte, bist du's?«

»Johann?«

»Ja, ich bin's«, sagte er.

Es war ein Wiedersehen, das von großer Verlegenheit geprägt war. Auch die Polizisten merkten das und verabschiedeten sich, während Johann sich lässig an die Wand lehnte. Ich fragte abweisend, man kann es ruhig einen Vorwurf nennen, was er hier zu suchen habe, worauf er zu seiner Rechtfertigung erklärte, dass er nicht meinetwegen gekommen sei. Das nahm mich für ihn ein; er schien wenigstens keine zuvorkommende Behandlung zu erwarten. Weshalb er also gekommen sei, fragte ich, und die Antwort darauf versetzte mich in Staunen: sein Bruder wohne auf Nummer vierzehn.

»Und da hast du die ganze Zeit neben ihm gewohnt, ohne zu wissen … Aber woher solltest du es auch wissen, schließlich seid ihr euch nie begegnet.«

Ich sperrte die Wohnungstür auf und bat ihn hinein. Er war ja trotz allem mein Stiefvater. Aber sein erster Kommentar, als er das Hutregal entdeckte, war die Frage, ob ich vorhätte, ein Geschäft aufzumachen, und da bereute ich schon, ihn bei mir eindringen lassen zu haben. Er merkte, dass er zu weit gegangen war, er habe mich nicht beleidigen wollen, entschuldigte er sich, er hätte es besser wissen müssen. Als ich fragte, was er damit meine, er hätte es besser wissen müssen, geriet er ins Stammeln und erklärte, dass er ja nie miterlebt habe, wie ich als Kind gewesen sei, aber von meiner Mutter wisse er, dass ich schon damals nie der habe sein wollen, der ich war und mich ständig verkleidet hätte, und dass es bestimmt nicht leicht für sie gewesen sei, setzte er hinzu, aber gewiss sei es auch für mich nicht einfach … Er fing an, sich in einen Strudel hineinzureden, das wollte ich nicht zulassen. Also fragte ich, was der Grund seines Besuchs bei seinem Bruder sei. Er schien froh zu sein, dass ich ihn unterbrochen hatte, aber so froh auch wieder nicht: er sei hergeschickt worden, um ihn davon abzuhalten, sich das Leben zu nehmen. Ich schluckte.

»Hm, ja, dann ist das wohl der Grund –«

»Ja, deshalb bin ich gekommen. Sag nichts, ich weiß, was du denkst. Und dass du keine Ahnung hattest, wer dein Nachbar ist, hat einen Grund: Wir haben es vor langer Zeit aufgegeben, miteinander zu reden.«

»Und du meinst, er wird auf dich hören?«

»Nein, das bezweifle ich«, antwortete er. »Er ist schwer krank und hat sich noch dazu etwas zu Schulden kommen lassen. Das alles weiß ich übrigens von seiner Tochter. Sie hat mich angerufen, sozusagen als letzten Ausweg.«

»Du kannst dir die Mühe sparen, er ist nicht zuhause.«

Er nickte; er schien nichts anderes erwartet zu haben. Ich muss sagen, dass ich einigermaßen aus der Fassung geraten war, so viele Ereignisse und Informationen in so kurzer Zeit machten mich nervös. Ich hatte nichts, woran ich mich festhalten konnte; das heißt, ich hatte natürlich etwas, aber ich wollte mir vor Johann keine Schwäche erlauben. Es war ihm übrigens anzusehen, dass es ihm letztlich doch keine Freude war, mich getroffen zu haben. Sein Leben hatte seit vielen Jahren nichts mehr mit meinem zu tun, und auch mir entlockte seine Gegenwart keine positiven Gefühle. Um ihn also so schnell wie möglich loszuwerden, fragte ich, was ich sonst noch für ihn tun könne. Ich hatte nicht erwartet, dass ihm tatsächlich etwas einfiel, sondern es bloß deshalb gesagt, um ihm die Möglichkeit zu geben, sich selbst zu verabschieden. Doch dann kramte er aus seiner Geldtasche einen Zettel, auf dem in großer Schrift eine Telefonnummer notiert war, und legte ihn auf die Kommode neben den Kleiderhaken:

»Das ist die Nummer seiner Tochter. Ich werde sie hier lassen für den Fall, dass du etwas damit anzufangen weißt. Wenn du zum Beispiel hörst, dass er zuhause ist, kannst du diese Nummer anrufen.« Er seufzte schwer, und dann überkam ihn eine seiner Launen, die ich so gut kennengelernt hatte: »Und wenn nicht, wenn du also nichts damit zu tun haben willst, ist es mir auch einerlei. Ich werde jetzt gehen, mir ist ohnehin nicht klar, was mich geritten hat, hierher zu kommen …«

Damit legte er eine Hand auf die Türschnalle, verabschiedete sich, und im Davongehen ergänzte er, es tue ihm leid, es gebe Gründe, weshalb er als Vater versagt habe, und das hier sei einer davon.

Ich sah ihn zur Treppe gehen und schloss die Tür. Und dann tat ich etwas, das ich in meinem Erwachsenenleben nur wenige Male getan habe: ich setzte einen Hut auf, ohne auszugehen. Die erhoffte Wirkung trat ein, ich spürte, wie augenblicklich jegliche Verwirrung und Angst von mir wich. Das ließ ich mir eine Weile gefallen, jemand zu sein, den das alles nicht berührte, bis wieder genügend Kraft und Vertrauen in mir war, um mich wenigstens in den eigenen vier Wänden als mich selbst zu akzeptieren.

Schwartzer kam pünktlich Freitag zehn Uhr. Er grüßte, nahm den Hund von der Leine und trat ein. Er sah müde aus, aber ich hütete mich davor, in dieser Müdigkeit etwas Endgültiges zu suchen. Einen Moment standen wir einander befangen im Vorzimmer gegenüber. Schließlich zog er das Sakko aus und ging geradewegs in die Küche. Es gefiel mir und gefiel mir gleichzeitig nicht, wie ungezwungen er sich in meiner Wohnung bewegte. Ich weiß nicht, was mich daran störte, er war ja trotz seiner Bestimmtheit kein aufdringlicher Mensch. Dagegen wusste ich sehr wohl, was mir daran gefiel, denn es gab mir das ungewohnte Gefühl, nicht allein zu sein. Mir blieb jedoch nicht viel Zeit, mich an der wohltuenden Einbildung zu laben, denn er ging ohne Umschweife zum geschäftlichen Teil über und fragte, ob ich über sein Angebot nachgedacht hätte. Ich sagte, dass ich es getan hätte, und die Antwort laute ja. Sichtlich beruhigt nickte er, aber was er dann sagte, versetzte mir einen Stich:

»Dann stört es Sie nicht, dass Sie einem feigen Mörder einen Dienst erweisen?«

»Was, wie kommen Sie –?«

»Verzeihen Sie meine Direktheit, aber Sie scheinen mehr über mich zu wissen, als Sie zugeben möchten.«

Es machte mich ärgerlich, so grob durchschaut zu werden, und ich war kurz davor, ihn anzufahren und wie ein dummer Junge alles zu leugnen. Aber das war nur ein kurzer Impuls, den ich schnellstens beiseite schob. Ich sagte mir: Es ist nicht deine Schuld, du kannst nichts dafür, dass du weißt, was du weißt.

»Sie haben Recht«, bestätigte ich also, »ich hatte kürzlich Gelegenheit, mit Ihrem Bruder Bekanntschaft zu machen. Zeitgleich mit zwei Polizisten, die mir Fragen über Sie gestellt haben.«

»Darf man erfahren, was Sie geantwortet haben?«

»Oh, nichts, das Sie in irgendeiner Weise –«

»Dann sind Sie im Bild, was meine spezielle Lage angeht?« unterbrach er mich, und da begriff ich, dass ich mich im Grunde erst jetzt verraten hatte. Meine Stimmung hatte in dem Moment ihren Tiefpunkt erreicht, ich fühlte mich auf absurde Weise ausgenutzt und hintergangen. Es war kindisch, ich gebe es zu, aber es hing nicht zuletzt damit zusammen, dass ich trotz allem einen Freund ihn ihm entdeckt hatte. Dennoch behielt ich mir vor, gewissermaßen als Retourkutsche, ihm meine persönliche Beziehung zu seinem Bruder zu verschweigen, als er plötzlich sagte:

»Sie sind sein Stiefsohn, wenn ich nicht irre?«

Ich fuhr zusammen, und ausgerechnet das amüsierte ihn. Angesichts dessen, was er getan hatte, und allem voran: was zu tun er beabsichtigte, war ich nicht wenig erstaunt, mit welcher Ausgeglichenheit und Ruhe er vor mir saß.

»Nun gut, Sie wissen also Bescheid«, sagte er nach einer Weile. »Und dass Ihre Entscheidung, was den Hund betrifft, davon nicht beeinflusst worden ist, stimmt mich sehr glücklich. Es soll ja vorkommen, dass Menschen an Gerechtigkeit glauben.«

»Gerechtigkeit?« sagte ich.

»Verstehen Sie mir richtig: Sie wussten, dass ich heute bei Ihnen erscheinen würde –«

»Und Sie meinen, da wäre es ein Leichtes gewesen, Sie zu verraten«, erwiderte ich in einem Tonfall, der mich überraschte. Mir war plötzlich aufgegangen, dass es nur meiner eigenen Unachtsamkeit zu verdanken war, dass er dahintergekommen war, was ich über ihn wusste, weil ich vergessen hatte, den Notizzettel mit der Telefonnummer seiner Tochter, auf der die Handschrift seines Bruders zu sehen war, aus der Garderobe zu entfernen. Gleichzeitig bedauerte ich, dass ich ihm gegenüber so unwirsch geworden war; ich hatte ja keinen Grund, ihm etwas zu verschweigen.

Er bemerkte meine Unruhe und sagte:

»Wenn es Ihnen lieber ist, werde ich gehen.«

»Nein, bleiben Sie«, sagte ich laut, zu laut, es wäre mir angenehmer gewesen, hätte er nicht erfahren, wie einsam ich tatsächlich war. Er lächelte. Und das Schweigen, das darauf folgte, verlief in keiner Weise peinlich oder aufdringlich. Ich erinnere mich nicht, jemals so bekömmlich geschwiegen zu haben. Schließlich war er es, der die einmütige Stille unterbrach, indem er ziemlich direkt sagte:

»Es freut mich, dass Sie sich mit Ihrer Meinung über mich zurückhalten. Dass Sie zum Beispiel nicht versuchen, mir mein Vorhaben auszureden. Oder mich deshalb verurteilen, weil ich das Wohlergehen eines Tieres über das meiner Tochter stelle.«

»Dass ich Sie lieber unter anderen Voraussetzungen kennengelernt hätte, will ich nicht leugnen«, entgegnete ich. »Aber über Sie urteilen? Ich würde jedenfalls nicht mit Ihnen tauschen wollen, wenn Sie das meinen.«

»Nun, das ist verständlich. Aber bedenken Sie andererseits, dass es kaum eine größere Freiheit gibt, die einem Menschen zuteil werden kann: selbst darüber zu entscheiden, wann und unter welchen Umständen man sich verabschiedet. Ich denke nicht daran, dieses Glück vorbeifahren zu lassen.«

»Und Ihre Tochter? Sie ist in Ihren Plan eingeweiht?«

»Nicht gerade eingeweiht«, sagte er, »aber sie kennt mich. Im übrigen hätte ich sie für klüger gehalten. Oder würden Sie, wenn Sie unbemerkt zu bleiben wünschen, Ihren Wagen direkt vor der Eingangstür abstellen?«

Ich lachte, und dann kam mir eine Idee:

»Womöglich ist das ein Zeichen, dass sie in Frieden kommt, und sie möchte sich lediglich verabschieden.«

Noch bevor der Satz zu Ende war, bereute ich, ihn geäußert zu haben, weil es ein gar zu einfältiger Gedanke war, der wenig mit der Wirklichkeit zu tun hatte. Doch Schwartzer schien davon so beeindruckt, dass ihm die Augen hervortraten.

»Und wenn Sie recht haben?«

Er blickte mich direkt an. Mir kam vor, dass er gerne noch mehr gesagt hätte, und einen Augenblick fürchtete ich, er würde aufstehen und hinüber in seine Wohnung gehen. Aber was heißt, ich fürchtete es? Sollte ich mich davor fürchten, sein Leben zu retten? Ich hätte nachsetzen und ihm noch mehr Hoffnung machen können, vielleicht wäre er tatsächlich gegangen. Doch er seufzte nur, schlug die Beine übereinander und sah sich nach dem Hund um, der vor der Eingangstür seinen Platz gefunden hatte. Er scheine sich wohlzufühlen, an fremden Orten sei er sonst immer sehr aufgeregt, meinte er.

»Es war bestimmt nicht leicht für Sie, Ihren Stiefvater wiederzusehen«, sagte er dann. »Ist er lange geblieben?«

»Lang genug, um zu erkennen, dass es zu lang war.«

»Ich verstehe.«

Er nickte kurz, und dann bewegten sich seine Mundwinkel zu einem angedeuteten Lächeln nach oben:

»Wenn es nicht allzu vermessen wäre, würde ich behaupten, dass er der unbarmherzigste und eigennützigste Mensch ist, der mir je unter die Augen gekommen ist. Aber mich in meiner Lage über die Eigennützigkeit anderer auszulassen …«

»Nein, Sie haben recht.«

Er nickte wieder, und dieses Nicken, während er den Blick zu Boden senkte, schien die ganze Last seiner Handlungen und Unterlassungen zu tragen.

»Haben Sie sich jemals dafür geschämt, ein Mensch zu sein?« fragte er, worauf ich ihm einen Blick zuwarf, den er ohne Mühe zu deuten verstand. »Verzeihen Sie die Frage, ich hatte vergessen, mit wem ich es zu tun habe. Ich nehme an, Ihre Hüte haben Ihnen in dieser Hinsicht oft gute Dienste erwiesen?«

Er hielt kurz inne, um mir Zeit zu geben, etwas entgegenzusetzen. Aber er hatte ja recht, also sagte ich nichts.

»Jedenfalls waren es Menschen wie mein Bruder, die mir die Gesellschaft von Tieren so wertvoll machten«, sagte er nach längerer Pause. »Ich habe es immer als Ehre empfunden, sie versorgen und angreifen zu dürfen. Oder sie bloß zu beobachten. Es gibt wohl kaum etwas, das so sehr mit Echtheit durchtränkt ist wie das Verhalten der Tiere. Oder mit Wahrheit, man kann es ruhig Wahrheit nennen.«

Er stand auf. Ich sah, dass er unruhig wurde. Ich stand ebenfalls auf. Er hatte den Kopf gesenkt und trottete ins Vorzimmer. Ich hatte von Fällen gehört, langjährigen Lebensgemeinschaften oder Ehen, in denen die Partner sich im Laufe der Zeit immer ähnlicher wurden. Und ich war erstaunt, wie sehr diese beiden Partner, die hier vor meinen Augen die Köpfe zusammensteckten, sich in ihren Bewegungen glichen. Sichtlich unter Schmerzen hatte Schwartzer sich auf den Boden gekniet, und als er sich wenig später unter Stöhnen aufrichtete, streckte er mir die Hand entgegen und sagte:

»Wenn es Ihnen recht ist, werde ich den Hund im Wohnzimmer einschließen, damit er mir nicht folgt.«

»Sie wollen es sich nicht anders überlegen?«

Er blickte mich finster an:

»Sie werden sich doch keine Vorwürfe machen?«

»Versetzen Sie sich in meine Lage: Man wird mich mit dem Hund sehen und Fragen stellen«, sagte ich.

»Sie werden antworten, dass er Ihnen zugelaufen ist.«

Er sagte das so schnell und mit solcher Sicherheit, dass alle meine Bedenken fortgespült wurden.

»Sie scheinen alles sorgfältig bedacht zu haben.«

»Alles Vorhersehbare, ja«, sagte er.

Er sagte nicht mehr. Er nahm sein Sakko vom Haken. Er hatte geschafft, was zu schaffen er sich vorgenommen hatte, und er ging, ohne sich zu verabschieden, ohne sich umzudrehen. Und auch diesmal war er geistesgegenwärtig genug, im toten Winkel die Wand entlang zur Treppe zu schleichen, um nicht gesehen zu werden.

Eine flüchtige Bekanntschaft

Eines Morgens im Frühling, nachdem ich im Wald gewesen war, um mich zu erleichtern, erschreckte mich die Gestalt eines Mannes, der um meine Hütte schlich.

Ich war viel zu früh auf den Beinen. In den letzten drei Jahren war ich nie vor neun Uhr aufgewacht. Das war, bevor die Bundesbahngesellschaft vier neue Züge genehmigt hatte, wahrscheinlich um den Ostverkehr zu verstärken. Meine Hütte liegt fast direkt neben den Gleisen. Sie hat schon einige Jahre auf dem Buckel, wenn nicht Jahrzehnte; das größte Problem ist das Dach, es besteht aus einer einfachen Platte aus Wellblech, das den Niederschlag nicht gut verträgt. Ich habe alles so übernommen, von einem Vorgänger, dessen lebende Bekanntschaft mir nicht zuteil wurde. Sollte irgendwann der unwahrscheinliche Fall eintreten, dass ich zu Geld komme, werde ich mir ein neues Dach bauen. Aber das wird nicht passieren. Hat das Leben sich einmal mit seinem breiten Rücken vor einem aufgestellt, kann man noch so fest darauf einschlagen, es wird sich nicht wenden.

Ich entdeckte die Gestalt, als sie gerade beide Hände an das einzige Fenster legte, um einen Blick in die Hütte zu werfen. Ich hielt sie für einen Mann, aus dieser Perspektive, ich stand mindestens zwanzig Schritt entfernt hinter einem Baumstamm, und zu dieser Tageszeit lag das Fenster noch im Schatten.

Es gibt höchstens eine Handvoll Leute, die ich wiedererkennen würde. Ich wohne im Niemandsland, in einem kleinen Wald zwischen zwei Orten, direkt neben der Bahnstrecke am Fuß einer Anhöhe. Man hat nicht viele Bekannte unter diesen Umständen, um das Wort Freund gar nicht erst in den Mund zu nehmen. Und was meine Anwesenheit in der Hütte betraf: sie beruhte auf der Milde eines altehrwürdigen Polizisten, der sich dafür eingesetzt hatte, dass man mich duldete, einstweilig und ohne Garantie auf Lebenszeit. Ich dachte: Dann kann es nur jemand von den Behörden sein, der gekommen ist, um dich nach langem Für und Wider endgültig zu vertreiben. Allerdings hatte ich kein Fahrzeug gehört, und das war doch das Mindeste, dass die Leute von den Ämtern und Magistraten in einem Auto vorfuhren, sagte ich mir, und obendrein traten sie immer als Paar auf, diese Erfahrung hatte ich gemacht, es ist wohl aus Gründen der Sicherheit.

Ich schlich vier Baumstämme näher heran. Er war vielleicht ein illegaler Einwanderer, der einen Unterschlupf für die kommende Nacht auskundschaftete; die Staatsgrenze ist nur einen Steinwurf entfernt. Er war einen Kopf größer als ich und doppelt so breit – soviel zu der Frage, ob ich ihn im Notfall bezwingen könnte. Ich war jedoch im Vorteil, er bewegte sich in meinem Revier, und damit konnte niemand besser vertraut sein als ich, ausgenommen die drei Schafe, die ich gemeinsam mit der Hütte geerbt hatte.

Es entspricht aber vielleicht doch nicht ganz der Wahrheit. Ich sagte zwar, dass ich im Wald war, aber es ist ja weniger ein Wald als ein Wäldchen, ich nenne es so in Ermangelung eines anderen Ausdrucks, und mich darin zu verstecken, hätte mir auf lange Sicht wenig gedient. Also sprach ich ihn an.

»Du hast hier nichts zu suchen«, sagte ich.

Ich bemühte mich, deutlich zu sprechen. Er war kein Einheimischer, das war ihm anzusehen, aber er hatte womöglich ausreichend Zeit in diesem Land verbracht, um mit Formulierungen dieser Art vertraut zu sein.

Er wandte sich erschrocken um und antwortete nicht. Ich gab ihm etwas Zeit, und da er noch immer nichts sagte, bediente ich mich einer Logik, die mir so zwingend erschien, dass sie auch von den Ahnungslosesten verstanden werden musste:

»Das hier ist Niemandsland – Du siehst nicht aus wie ein Niemand – Also ist das nicht dein Land.«

Es stimmte vielleicht nicht, auch er war ja vielleicht ein Niemand, aber das konnte ich freilich nicht wissen. Darüber hinaus war ich so begeistert von meiner Darstellung des Sachverhalts, dass sie unter allen Umständen aus mir heraus musste.

In dieser Sekunde, als ich mich anschickte, mich mit eindeutigen Gesten verständlich zu machen, ertönte eine Stimme hinter meinem Rücken:

»Lassen Sie ihn, er wird Ihnen nichts tun.«

Hinter mir stand ein ungefähr vierzehnjähriges Mädchen. Sie musste auf der anderen Seite der Hütte, das heißt vor dem Eingang, gewartet haben. Ich fragte, was sie hier suchten. Sie erklärten es mit vereinten Kräften, indem sie wild durcheinander redeten, und auch an mitleiderregenden Gesten ließen sie es nicht mangeln. Sie redeten viel, um wenig zu sagen. Letzten Endes lief es darauf hinaus, dass sie ein Versteck suchten. Die Gründe dafür hatten sie lang und breit dargelegt, aber nicht lang genug, nicht breit genug, um sie einem Unkundigen begreiflich zu machen. Wenn ich recht verstanden hatte, sollten sie aus dem Land geschafft werden, zurück in ihre Heimat, was immer das heißen mochte; es ging um Fristen und Verfahren, mit denen man ihre Abschiebung rechtfertigte, alles gegen ihren ausdrücklichen Willen, was sich von selbst verstand. In ihrer Angst war ihnen nichts anderes eingefallen, als davonzulaufen.

»Sie müssen verstehen, wir wussten nicht, wohin wir gehen sollten. Und wir würden auch nicht lange bleiben, höchstens ein paar Tage«, sagte das Mädchen.

Ich fand es angebracht, mich zu sträuben. Wohin würde es führen, wenn ich jeden Wildfremden ohne Gegenwehr bei mir einziehen ließe, ich hätte bald die ganze Hütte voll mit Flüchtlingen und Vagabunden. Es spricht sich schnell herum, wenn man zu gütig ist.

»Wie stellst du dir das vor, der Schuppen bietet kaum Platz für einen allein«, sagte ich und führte sie hinein, um den Beweis zu erbringen. Ich deutete mit dem Finger auf meine spärliche Schlafstätte, ein Matratzenlager, bestehend aus einer festen Unterlage, namentlich dem Boden, sowie einige Wolldecken, davon zwei für den Kopf. Das schien sie nicht zu beeindrucken. Der Vater machte eine beglückte Geste und murmelte etwas, das ich nicht verstand.

»Sehen Sie, er meint, dass es sich bestimmt ausgehen würde«, sagte sie euphorisch. »Wir haben auch etwas Geld dabei, das könnten Sie haben.«

Das ließ mich aufhorchen. Es ist gewiss nicht meine Art, mich an Notleidenden zu bereichern, aber wenn sie ihre Dankbarkeit mit ein wenig Geld unterstreichen wollten, würde ich ihnen keine Steine in den Weg legen. Der Form halber wehrte ich mich und erklärte, meine Hilfe sei rein christlicher Natur. Das veranlasste das Mädchen zu einem Freudenschrei, sie sagte ein paar Wörter zu ihrem Vater, der vor Erleichterung rot anlief, und dann fiel sie mir um den Hals.

»Aufhören«, sagte ich.

»Ich wusste, dass Sie uns aufnehmen würden.«

»Du bist wohl Hellseherin.«

»Nicht, dass ich wüsste. Aber wer drei Schafe hat, so wie Sie, kann gar nicht so böse sein.«

Diese Schlussfolgerung konnte nur von einem Kind stammen. Auch ich habe Zeitungen gelesen, die eine oder andere über die Jahre, und soweit ich mich erinnere, ließen sie kein gutes Haar an dieser Welt. Die Zeiten der Räuber und Banditen sind in keiner Weise vorbei, und ich persönlich, wenn ich selbst eine Tochter hätte, ich persönlich würde es mir zweimal überlegen – aber Moment, ich habe ja eine Tochter. Was einem von Zeit zu Zeit für Erinnerungen durch den Kopf gehen! Sie muss inzwischen längst zu einer jungen Frau herangereift sein, als ich sie das letzte Mal sah, pilgerte sie noch mit ihrem grellgelben Rucksack zur Schule. Ach, sie war ein gutes Kind, weder klug noch schön, aber mit einem ausgeprägten Hang zur Nächstenliebe. Auch sie wird früher oder später, wenn es drauf ankommt, rücksichtslos von den Stärkeren niedergetrampelt werden.

Was nun aber meine Gäste betraf: Der Ausspruch mit den Schafen ging mir ans Herz. Und wenn mein bescheidenes Obdach genügte, der Welt einen Gefallen zu tun und eine kleine Last von den Schultern dieser Schutzsuchenden zu nehmen – nun, ich musste mir kein Bein dafür ausreißen, alles in allem. Es gibt Umstände, die einem keine Wahl lassen, und sie wären nicht zu mir gekommen, wenn sie einen Berg von Möglichkeiten vor sich gehabt hätten. Aber nein, es sollte kein gutes Ende nehmen, weder für die eine noch für die andere Seite.

Es war ein Tag, von dem ich nicht allzuviel Niederschlag erwartete; die letzte Woche über hatte es fast täglich geregnet. Ich interessiere mich ein wenig für das Wetter. Das heißt, ich habe mich früher dafür interessiert, mit größerem Erfolg, als ich noch im Besitz einer kleinen Wetterstation war. Und als wir so dasaßen, nachdem eine Weile nichts gesagt worden war, fiel mir nichts anderes ein, als über das Wetter zu reden. Ich redete mit dem Mädchen. Ihr Name war übrigens Amalia, oder Ariana, ich habe nicht viel behalten außer den edelsten und ursprünglichsten aller Laute, mit dem er begann und wieder endete. Sie schien meinen Ausführungen nicht gut folgen zu können, ich redete vielleicht eine Spur zu schnell, ich hatte lang nicht mehr so viel auf einmal gesprochen, schon gar nicht vor Zuhörern, das letzte Mal im Wirtshaus in der Stadt, damals blieb mir noch etwas Geld, um hin und wieder ein Bier oder ein Glas Wein zu trinken.

»Und woher wissen Sie soviel über die Wolken?«

»Das lernt man über die Jahre«, sagte ich bescheiden.

»Und Sie können richtig das Wetter vorhersagen?« fragte sie. »Wird es heute noch regnen?«

»Das ist unwahrscheinlich.«

»Ich hätte nicht gedacht, dass Sie sich so gut auskennen.«

»So, und warum nicht?«

»Ich weiß nicht«, sagte sie. »Vielleicht, weil Sie ganz allein hier draußen leben. Und weil Sie drei Schafe haben. Und die Leute reden auch immer so komisch.«

»Oh ja, und was sagen sie?«

»Einmal im Autobus, da bin ich hinter zwei Männern gesessen«, erzählte sie. »Ich weiß nicht, die haben so geredet, und eben auch über Sie. Aber es waren keine schönen Dinge, die sie gesagt haben.«

Dass man sich sogar im Autobus über mich unterhielt,

fand ich erstaunlich; ich hätte mich eher an den Stammtischen und Würstelständen vermutet. Und ich, der stets gedacht hatte, ich sei der Rede nicht wert! Jedenfalls war es nicht schwer zu erraten, was sie sich zu erzählen hatten, ein missglücktes Leben gibt stets Anlass zu vergnüglichen Gesprächen. Woher wusste sie eigentlich, dass sie genau über mich gesprochen hatten und nicht über irgendeinen anderen vom Wohlstand vernachlässigten Hund, von denen gewiss mehr als genug in den Städten und Landschaften herumirrten? War ich etwa als der Mann mit den Schafen bekannt? Oder kannte sie meinen Namen? Dann waren sie womöglich gar nicht so zufällig bei mir aufgetaucht, wie ich angenommen hatte? Nun, es machte wohl keinen Unterschied, ob sie durch Zufall oder in erklärter Absicht gekommen waren: jetzt waren sie hier, und ich wusste nichts mit ihnen anzufangen. Die Zeit verging mir ebenso langsam wie immer, ich will nicht sagen, noch langsamer, aber ich hätte mir doch wenigstens ein kleines bisschen Abwechslung und Zerstreuung erhofft.

»Und du gehst also zur Schule?«

»Ja«, sagte sie.

Es war keine besonders kluge Frage gewesen, wo hätte sie sonst so gut zu reden gelernt. Sie hatte vielleicht Unterricht von ihrer Mutter bekommen, wer konnte es wissen, falls es noch eine Mutter gab, oder eine Schwester zum Beispiel, doch daran glaubte ich nicht. Wenn sie aber zur Schule ging, war es ja unsinnig, dass man sie des Landes verwies, immerhin hat sie Geld gekostet, eine Ausbildung finanziert sich nicht von allein, und auch die Eltern werden die eine oder andere staatliche Förderung nicht ausgeschlagen haben.

»Wie alt bist du?«

»Fünfzehn.«

»Ah.«

Sie hatte keine Lust mehr zu reden.

»Und hast du auch Hobbies?«

»Ja, sicher«, sagte sie.

»Reiten zum Beispiel?«

»Soll das ein Witz sein?« entgegnete sie zornig. »Haben Sie eine Ahnung, was so ein Pferd kostet? Das können wir uns in hundert Jahren nicht leisten.«

»Dann willst du wohl brav lernen und einen anständigen Beruf haben, damit du dir irgendwann selber eins kaufen kannst?«

»Vielleicht«, murrte sie.

»Gefällt es dir nicht, wo du hingehen sollst?«

»Ich weiß nicht. Ich habe Bilder und Videos gesehen, und die sind ja ganz schön.«

Nachdem ich mich also ohne großen Erfolg bemüht hatte, sie mit Fragen zu unterhalten (woher sollte ich wissen, wofür sich Fünfzehnjährige heutzutage interessieren), machte ich mich auf, um meiner angekündigten Gastfreundschaft Taten folgen zu lassen.

Die Hütte verfügte über einen kleinen Ofen, den ich seit etwa einem Monat, nachdem der Winter dem Frühling gewichen war, nicht mehr in Betrieb hatte. Für mich allein brauchte ich nicht zu heizen. Ich räume ein, dass es auch zu dritt nicht notwendig gewesen wäre, aber es war eine willkommene Gelegenheit, mir mit Sammelarbeiten die Zeit zu vertreiben und eine Stunde oder mehr im Freien zu verbringen. Und außerdem, was den Ofen anging: sie sollten ruhig merken, dass ich noch nicht ganz am Ende angelangt war. Das war der Luxus, den ich ihnen zu bieten gedachte. Und war übrigens nicht von ein wenig Geld die Rede gewesen?

Da konnte ich sie doch unter keinen Umständen frieren lassen. Ich hatte noch einen ansehnlichen Vorrat an Holz für den nächsten Winter, den ich jedoch nicht anrührte; er befand sich direkt neben der Hütte bei den Schafen, und es hätte keine fünf Minuten gedauert, es herbeizuschaffen. So wanderte ich also mit meinem Körblein hinaus in die Landschaft, um nach Brennbarem zu suchen, weit, viel weiter als notwendig, ich kam sogar bis hinunter zum Fluss, wo ich mich selten hinwage. Auch unsere Fischer sind nicht gut auf mich zu sprechen. Nicht, dass ich ihnen jemals zu Leibe gerückt wäre, das wäre zu hoch gegriffen; das eine oder andere Mal hatte ich wohl um ein Almosen gebeten, eine kleine Spende in Form eines Karpfens oder Zanders, um meinen kärglichen Mittagstisch aufzubessern. Aber ein Mann ohne offizielle Adresse ist von Natur aus verdächtig. Da an diesem Tag jedoch keiner anzutreffen war, konnte ich dem Drang nicht widerstehen, mich ans Ufer auf einen Stein zu setzen und die Füße in das kalte Wasser zu halten. Ich sagte, dass ich dem Wunsch nicht widerstehen konnte, und das ist wohl wahr, denn ich sah mich eilig die dicken Schuhe von mir werfend auf das Wasser zulaufen, als ob ich vorhätte, kopfüber darin unterzutauchen, und das war doch einigermaßen überraschend, so kannte ich mich nicht. Ich verbrachte einige Zeit mit der Überlegung, was in mich gefahren sein mochte, bis mir aufging: ich war schon einmal hier gewesen, und zwar zusammen mit meiner Tochter. Wir waren damals vielleicht an einer ähnlichen Stelle gesessen, womöglich an derselben, ich erinnerte mich, dass sie auf meinen Knien saß, während ich mir von den Hechten die Zehennägel abknabbern ließ, und natürlich dauerte es nicht lang, bis sie quengelte, sie wolle ebenfalls ihre kleinen Füßchen hineinhalten, was ihr nur mit meiner Hilfe gelingen konnte, und dass ich sie mit ausgestreckten Armen vor mir ins Wasser hielt, bis mir die Kraft ausging und sie hineinfiel, woraufhin ich sie retten musste, was nicht leicht war, ich bin Nichtschwimmer, aber sie persönlich hatte großen Spaß dabei gehabt, und am Ende war ich ihr Held.

Ich sah sie so deutlich vor mir, dass ich sogar Tränen vergossen hätte, wenn mir Zeit dazu geblieben wäre. Aber ich hörte Stimmen, die sich auf mich zubewegten, und da ich fürchtete, die schönen Bilder könnten zerstört werden, sollte ich in eine Auseinandersetzung geraten, zog ich mich freiwillig zurück.

Ich ging denselben Weg, den ich gekommen war, und widmete mich den Schafen. Ich strich ihnen übers Fell und redete ihnen gut zu, ich sagte: Alles wird gut, worauf sie mit ihren wohltuenden Geräuschen antworteten und mir die Hände leckten. Leider hatte ich das Schnitzmesser in der Hütte vergessen, sonst hätte ich mich auf den Baumstumpf neben den Gleisen setzen und dem Mädchen ein kleines Schäflein als Talisman schnitzen können, damit sie sich an mich erinnere, sofern sie das wollte, was unwahrscheinlich ist, nicht einmal ich selbst erinnere mich gern an mich. Das sind die Phantasien, die einem zu Kopf steigen, in der Einsamkeit.

Zurück in der Hütte kam mir eine Idee. Ich griff in die kleine Truhe neben der Tür und holte ein Würfelspiel heraus. »Das kenne ich «, sagte das Mädchen. Sie erkundigte sich nach Papier und Kugelschreiber, um die Spielstände zu notieren. Wir dachten also nicht an dasselbe Spiel. Ich eröffnete ihr, dass es Varianten gäbe, wo man erst gar nicht mitzuschreiben brauchte.

»Und woher weiß man, wer gewonnen hat?«

»Es ist ganz einfach«, sagte ich und erklärte die Regeln. Ich verschwieg ihr, dass üblicherweise um Geld gespielt wurde. Dann griff ich noch einmal in die Truhe und kramte eine Handvoll Steine heraus. Ich besitze eine beachtliche Steinesammlung, von der ich mich nicht trennen konnte; sie diente uns als Zahlungsmittel. Um das Spiel interessanter zu gestalten, schlug ich vor, sie solle den Vater zum Mitspielen überreden. Ich gewann fast jede Partie, ausgenommen diejenigen, die ich absichtlich verlor, um sie bei Laune zu halten. Ich bedauerte ein wenig, dass wir nicht um Geld spielten, ich hätte sie ausgenommen wie eine Weihnachtsgans.

Wir hatten unsere Freude, das kann man sagen, und irgendwann äußerte der Vater den Wunsch, sich schlafen zu legen. Es war ungefähr zur selben Stunde, zu der ich mich für gewöhnlich schlafen lege. Und doch war es keine Nacht wie jede andere: ich stellte mich darauf ein, dass ich kaum ein Auge zubringen würde. Soviel unverhoffte Nähe geht nicht spurlos an einem vorbei. Aber ein anderer, nicht weniger ausschlaggebender Punkt war der, dass ich nicht selten mitten in der Nacht schweißgebadet aus einem Traum hochfahre, furzend und schreiend und mitunter am Daumen nuckelnd, und meinen Schlafplatz in einem unerhörten Durcheinander vorfinde. Ich wollte nach Möglichkeit verhindern, dass sie mich so erlebten. So tief man auch sinken mag, es bleibt stets ein kleiner Rest an Stolz und Würde in einem bestehen, den man sorgsam, hegend und pflegend, mit sich herumträgt, bis an den Rand des Grabes, wo er sich in Luft auflöst.

Ich schätze, dass nicht mehr als eine Stunde vergangen war, vielleicht noch weniger, als die Schafe draußen unruhig zu werden begannen. Um diese Zeit war kein Zug zu erwarten. Der nächste, vorletzte des Tages würde erst in einer halben Stunde vorbeifahren. Das konnte nur bedeuten, dass man ihnen bereits auf den Fersen war. Ich stand schnell auf und ging vor die Tür, wo die Scheinwerferlichter eines Wagens zu sehen waren, der in einiger Entfernung auf dem Feldweg fuhr.

Ich ging zurück in die Hütte und schlug Alarm. Es war nicht leicht, dem schlaftrunkenen Mädchen die Situation begreiflich zu machen. Sie wollte nicht einsehen, weshalb sie erneut weglaufen sollten, nachdem sie sich erst in Sicherheit gebracht hatten. Sie redete wild auf ihren Vater ein, davon verstand ich nichts, und zu guter Letzt sank sie auf den Boden und schlug die Hände vors Gesicht. Es war ein denkbar ungünstiger Zeitpunkt für Aufmüpfigkeit und Verzweiflung. Der Vater packte sie am Arm und schleppte sie zur Tür; sie hatte Tränen in den Augen und wehrte sich nach Kräften. Der arme Mann wusste sich nicht zu helfen, woraufhin er mir eine Art flehenden Blick zuwarf. Ich fasste das als den Wunsch auf, dass ich mich einmischen sollte, und ich nahm mir die Freiheit und fragte laut:

»Bist du wirklich so schwer von Begriff?«

»Lassen Sie mich zufrieden«, rief sie und fuchtelte mit den Armen, als fürchtete sie, ich würde mich an ihr vergreifen. Ich versuchte es noch einmal, diesmal ruhiger und aus sicherem Abstand, indem ich sagte, dass sie jetzt besser aufbrechen sollten, bevor es zu spät sei.

»Verdammt, dann sollen sie uns eben erwischen, mir ist es egal. Ich will nicht mehr davonlaufen! Ich weiß ja nicht einmal, wobei sie uns überhaupt erwischen. Wir haben niemandem etwas getan.«

Das machte mich erst richtig wild – ich habe die absurde Rebellion der Jugend noch nie akzeptieren können –, und ich fiel wieder zurück in den aggressiven und belehrenden Tonfall eines Vorgesetzten:

»Ja, wenn es nur um ihn ginge!« Dabei deutete ich auf den Vater. »Glaubst du, er allein würde noch vor irgendetwas davonlaufen? Aber um deinetwillen würde er es bis nach Australien schaffen. Ist das wirklich so schwer zu begreifen?«

Ich weiß nicht, ob ich mich klar genug ausdrückte oder ob sie allein durch die Drohung meiner Stimme eingeschüchtert wurde. Jedenfalls fügte sie sich, und sie packten die Tasche, die sie dabei hatten, und machten sich auf die Beine. Ich hielt sie noch einen Moment zurück, damit sie nicht direkt in das Scheinwerferlicht des Wagens rannten. Der Feldweg endet ein gutes Stück von der Hütte entfernt, und mit ein bisschen Glück konnten sie ungesehen davonkommen. Ich stellte mich ans Fenster und blickte ihnen nach: zwei Gestalten, die sich mit der Dunkelheit der Nacht und des Waldes vereinten. Es war ein schönes Bild, trotz der Umstände, die es provozierten, ich kann nicht leugnen, dass es mich ein wenig berührte, sie Hand in Hand laufen zu sehen. Ach, wenn es doch einen Gott gäbe oder irgendeine andere leuchtende Kreatur, an die zu glauben sich lohnte, wie gern hätte ich sie angerufen, um meine beiden Flüchtlinge im stillen Gebet zu begleiten.

Ich räumte alles auf, was nach zwei zusätzlichen Schlafplätzen aussah, um ihnen nicht noch in ihrer Abwesenheit zu schaden. Dann setzte ich mich an den Tisch, in Erwartung der neuen Besucher.

Ich hörte zwei männliche Stimmen, im Flüsterton. Ich rechnete mit einem Klopfen, doch sie tauchten nicht an der Tür auf, sondern stattdessen entdeckte ich den Kopf eines Uniformierten am Fenster. Beide Handkanten an die Glasscheibe gelegt, blickte er mit großen Augen in den Raum – er sah vielleicht ein bisschen schlecht, das war die einzige

Erklärung, die ich mir geben konnte, dass er mich noch nicht entdeckt hatte.

Als er wenig später schließlich doch auf mich aufmerksam wurde, erschrak er sehr heftig und auf so haarsträubende Weise, dass er mit dem Kopf gegen das Fenster stieß. Haarsträubend, das ist das Wort, denn der Witz an der Sache lag darin, dass seine Frisur mit den Holzverstrebungen des Fensters in Kontakt trat, und zwar so, dass eine der dicken, von Haargel niedergedrückten Strähnen sich darin verfing. Er klebte sozusagen an meiner Hütte, ohne Aussicht, sich von selbst zu befreien. Ich weiß nicht, wie mein Gesicht sich ihm gegenüber verhielt, ich lachte vielleicht oder setzte andere Zeichen der Belustigung. Und als er vor meinen Augen seinen Untertanen herbeirufen musste, um sich entwirren zu lassen, wusste ich, dass ich verloren hatte. Menschen mit Macht lassen sich nicht ungestraft in ihrer Hilflosigkeit beobachten.

»Wo sind sie?« brüllte er.

Er verzichtete auf eine Begrüßung, um das komplette Register seiner Überlegenheit gegen mich einzusetzen.

»Jemand hat gesehen, wie sie heute Morgen den Feldweg genommen haben. Du brauchst erst gar nicht so zu tun, als ob du nichts wüsstest. Hier draußen gibt es ja sonst nicht allzu viel, das weißt du selber am besten.«

Ich entschied mich, nichts dazu zu sagen, sondern das Thema in eine Richtung zu lenken, von der ich mir Vorteile versprach. Ich erkundigte mich nach Marius Korkheimer, einem Kollegen, dessen Schützling ich war, und von dem er bestimmt schon gehört habe? Das war das Stichwort, das ihn noch mehr gegen mich aufhetzte – er wurde laut, noch lauter, der selbstgefällige Schönling. Lange genug habe der alte Korkheimer seine schützende Hand über mich gehalten, womit er sich weiß Gott nicht viele Freunde gemacht habe.

»Es hat so viele Beschwerden gegeben, die er einfach ignoriert hat«, erklärte er. »Auch über dich, das kannst du mir glauben. Die Bevölkerung erwartet, dass etwas unternommen wird. Aber wer über so gute Beziehungen verfügt, kann sich ja bekanntlich einiges erlauben.«

»Hat er sich tatsächlich so weit aus dem Fenster gelehnt?« sagte ich versöhnlich. »Er muss ja ein mächtiger Mann sein.«

»Das war er.«

»Ach, jetzt nicht mehr?« fragte ich neugierig.

»Er ist vor vier Monaten gestorben.«

Das war alles andere als eine erfreuliche Nachricht. Einer der wenigen, wahrscheinlich der einzige, der mir wohlgesinnt war, hatte sich von der lieben Erde verabschiedet. Ich würde um ihn trauern, mit den beschränkten Mitteln, die mir zur Verfügung standen. Aber ich sagte mir: Kopf hoch, jetzt heißt es, offenen Auges in die Zukunft zu blicken, deine Tage hier draußen sind gezählt. Hätte ich nur den Funken einer Hoffnung gehabt, dass es mir nützte, ich hätte ohne zu zögern alles verraten. Von diesen Typen war jedoch keine Gnade zu erwarten. Er wollte wissen, wann sie aufgebrochen seien, und in welche Richtung. Das wollte ich nicht verraten. Daraufhin, wie um meinen Widerstand der Lächerlichkeit preiszugeben, drang aus seinem Funkgerät die Meldung, dass man sie geschnappt habe, worauf sie mich eilig verließen, nur um in weniger als einer Stunde zurückzukehren und mich zu holen. Er versprach sich womöglich einen anständigen Sprung auf der Karriereleiter, indem er zwei Fliegen mit einer Klappe schlug und mich gleich mit ablieferte. Ich glaube übrigens immer noch, dass alles anders hätte werden können, wäre er nicht gegen das Fenster gestoßen.

Während einer Autofahrt, deren Ziel mir unbekannt war, erklärte er, man habe sie unweit einer verlassenen Bahnstation aufgegriffen, in einem Wartehäuschen, wo sie sich verschanzt hatten. Das sagte er tatsächlich, als ob sie bewaffnet gewesen wären. »Augenblick, was für ein Wartehäuschen?« fragte ich beiläufig, er sollte nicht merken, wie sehr ich mich dafür interessierte. Ich kenne die Gegend wie meine Westentasche, aber auf meinen langen Wanderungen in den letzten Jahren war mir kein verlassenes Bahnhofsgebäude untergekommen. Ich gab nicht auf, dazu klang es zu vielversprechend, und versuchte auf Umwegen, den Standort dieser potenziellen Unterkunft aus ihm herauszubekommen. Ob er sicher sei, dass es sich um ein Wartehäuschen handle, oder ob er nicht vielmehr die alte Mühle meine, am Ende des Feldwegs nahe der Stadt. Die Station sei schon lang nicht mehr in Betrieb, antwortete er schließlich. Eine Weile sei sie noch als Güterbahnhof genutzt worden, sie liege ein gutes Stück hinter der Autobahnüberführung. Und mit einem anzüglichen Lächeln, das mir über den Rückspiegel entgegenkam, fügte er hinzu: »Aber das schlag dir gleich aus dem Kopf.«

Inhalt

Literaturverlag Droschl Graz – Wien 2010
Umschlag: & Co www.und-co.at
Satz: AD
Druck: CPI Moravia
ISBN 978-3-85420-766-5

Literaturverlag Droschl Stenggstraße 33 A-8043 Graz
www.droschl.com